神童勇者的
漂亮
女僕都是大姊姊!?

Genius Hero and Maid Sister.

3

望公太

插畫 ぴょん吉

Presented by Kota Nozomi

Illustration = pyon-Kti

Kadokawa Fantastic Novels

序章

Genius Hero and Maid Sister.3

羅格納王國西方，艾爾特地方。

在遠離人居的森林深處，有一幢偌大的宅邸。

席恩・塔列斯克——過去拯救世界，卻因為某些苦衷而無法與人群居的前任勇者，現在就住在這個邊境之地。

和少年一同居住的人，是四名女僕。

雅爾榭拉。

菲伊娜。

伊布莉絲。

凪。

這四名外貌姣好的女僕們——其實也有各式各樣的苦衷，她們失去故鄉和家人，如今委身席恩。

他們是前任勇者，以及四名女僕。

他們都是擁有悲痛過去，無法活在光明世界的人。

他們失去所有容身之處，只能在遠離人居的森林深處，互舔傷口般的互相依靠，度過每一天。

這些受到世界厭惡的人們，如今——

「啊哈哈！看招，小席大人！看我的，看我的！」

「哇！噗……別……別鬧了，菲伊娜！別再對我潑水了！」

——正快樂地享受冷水浴。

這裡是離宅邸不遠的森中湖泊。

平常是他們捕魚的地方，今天席恩和女僕們卻是全體總動員，來這裡玩水。

燦爛的陽光照著大地。

菲伊娜率先步入湖水中，對著站在岸邊的席恩猛力潑水。

「好了，小席大人你也快點過來嘛！很舒服喔！」

「……不了，我就……」

席恩忍不住別開視線。

菲伊娜身上穿的泳衣，是布料較少的比基尼款式。泳衣凸顯出她豐滿的胸部和健康的肢體，對一個年幼的少年來說，不管怎麼面對她，都會感到緊張。

「嘿嘿嘿，你這樣抗拒，反而讓我很興奮耶。我看就讓大姊姊抱緊你，硬是把你拖下水吧～」

「什……別、別鬧！不要擺出那種躍躍欲試的手勢靠近我！」

「夠了，菲伊娜。」

雅爾榭拉以冷靜的聲音出言制止。

「妳沒看到席恩大人很不情願嗎？」

說完，雅爾榭拉牽起席恩的手，領著他來到鋪有墊子的地方。

「來吧，席恩大人。我們先來塗防曬油吧。要是您如玉般的肌膚曬傷，那可就糟了。」

「好……好啊，妳說得對。」

「那麼請您躺下。」

「……不對，慢著。」

「怎麼了嗎？」

「…………為什麼妳開始脫起衣服來了？」

雅爾榭拉的泳衣也是非常暴露的款式。那對豐滿的胸部彷彿隨時會從罩杯溢出，臀部也幾乎裸露在外。

她的打扮原本就近乎全裸狀態，現在卻又褪下了一件衣物。

「這個嘛，因為我也想塗防曬油。」

「噢，原來如此，我懂——」

「然後等我擦完，我再用自己的身體幫您塗抹。」

「不對，我沒搞懂！」

「為了節省防曬油，只能這麼做了！」

「妳絕對是在騙我！」

「來吧，席恩大人，請您過來這裡……快……快把您那雙耀眼的大腿……！」

「妳把自己的心聲全講出來了啦！」

「慢著慢著！雅爾榭拉，妳幹嘛啦！」

眼看席恩的大腿陷入危機，菲伊娜飛快跑來。

「妳一個人獨占這麼好玩的事，太狡猾了！要擦防曬油的話，我來擦！」

「什……快……快還來，菲伊娜！」

雙方開始互搶裝有防曬油的瓶子，席恩於是趁隙悄悄逃離現場。

「……受不了，她們還真有精神。」

伊布莉絲一個人躺在吊床上，遠遠看著他們三個人。

「啊……這樣好舒服。馬上就能睡著……」

「都來到這裡了，妳還要午睡嗎？妳到底想睡多久啊？」

「……沒差吧？我又沒有給人添麻煩——呃……」

伊布莉絲以半入睡的臉龐說著，卻在看見身旁的凪的打扮後，整個人瞠目結舌。

「妳、妳……又穿著這種變態似的衣服了。」

「什……！我、我才不是變態！這是『束胸』和『兜襠褲』！」

凪紅著一張臉發出怒吼。

而她的打扮——距離全裸只差一步之遙。

僅以兩條白布，纏住胸部與胯下。

下半身暴露在外的程度尤其劇烈。一條縱橫胯下纏起的白布，緊緊卡入股溝內，強調著臀部線條。

「我不是解釋過，這是我國流傳的正統內衣嗎！」

「噢，有嗎？」

「『兜襠褲』不只能當作內褲，也能充當沖涼時的衣物，是非常棒的東西。在我國，甚至有一群只穿著兜襠褲就潛入海底抓蝦採貝的『海女』存在呢。」

「……你們是變態國家嗎？」

「才不是！」

見伊布莉絲在腦中想像著一群穿著兜襠褲的女人而皺起臉，凪憤怒不已。

就在這個時候——

「啊！發現小席大人了！」

「請您止步，席恩大人！」

「……唔，慘了。再這樣下去——什！」

「咦？」

「呃……咦咦！」

席恩拚死逃離手裡拿著防曬油追趕自己的兩名女僕，就這麼往伊布莉絲和凪的所在之處衝刺。

卻因為沒看清前方，直接撞上她們兩人。

緊接著，雅爾榭拉和菲伊娜也從後方追撞。

防曬油在強大的撞擊力道之下，自瓶中濺出，四散在半空中，隨後灑在他們五人身上。

四個打扮幾近全裸的女性緊黏著自己，同時全身上下沾滿了防曬油，這樣又黏又滑的可怕狀況，瞬間襲向席恩。

「嗚耶，這是怎樣啦……嗯嗯！呃……喂，凪，妳別亂摸啊！」

「什……我、我沒有，是太滑……啊嗯！唔耶……菲伊娜，妳摸哪裡啊！」

「不是不是，我不是故意的！因為這個實在太滑了……呀嗯！嗚嗚……我怎麼覺得身體……雅……雅爾榭拉，這個真的只是防曬油嗎……？」

「……是……是啊，那當然。」

「喂，臭女人！妳為什麼要別開視線！妳混了什麼進來？妳絕對加了什麼不妙的藥對吧！」

四名女僕全身沾滿防曬油，不斷吵鬧著。

席恩被她們團團圍住，全身濕黏黏的，更不斷受到擠壓。這讓他——

「……我說妳們，玩弄我也該有個限度啊啊啊！」

發出這句約定俗成的吼聲。

他們是背負著沉痛過去，並且被世界厭惡的人們。

然而不知道為什麼，他們今日依舊過得非常開心。

第一章 前任勇者與男性象徵

這裡是席恩的宅邸。

「…………」

就在所有人都安睡的靜謐深夜——

唰、唰、唰。

一道宛如摩擦某種東西的聲音，響徹宅邸裡的其中一間房間。

那是凪的房間。

席恩因為某些內情，一個人睡不著覺，因此每晚都拜託一名女僕陪他睡覺。

當班的女僕將會和主人同床共枕一夜。至於不當班的其他三個人，當然就是各自在自己的寢室度過。

今天不是輪到凪，所以她像平常那樣，在自己的房間就寢。她素日便留心規律的作息，不是輪到她陪睡的日子，總是比宅邸中的任何人還早就寢——本來應該是這樣。

但這幾天——

她每天都熬夜製作「某件物品」。

「……很好，終於有樣子出來了。」

凪滿意地呢喃著。

而她手裡正握著——一根木棒。

那是個將乾操的木頭削成圓柱狀的物品，長度約二十公分，直徑則有五公分。其中一端削出一條凹槽，感覺宛如圓柱頂端盛裝著一個球體。

凪就這樣拿著那根形狀獨特的棒狀物，用手裡的砂紙仔細打磨。

「呵呵，真不錯……這觸感真棒。」

凪以熱情的視線盯著木棒，憐愛般的上下撫弄。當她享受完那份觸感後，又繼續拿起砂紙打磨。

唰、唰、唰、唰。

凪專心在手頭的作業上——因此並未發現。

雅爾榭拉正透過那道她粗心忘記關閉的房門間隙窺探內部。

「……呃！」

看到凪專心致志地打磨那根棒狀物品，雅爾榭拉臉色羞紅的同時卻又有些發青，流露出非常複雜的神色。

隔天午後——

「席恩大人……方便占用您一些時間嗎？」

正當席恩在宅邸某個房間內品嘗紅茶時，雅爾榭拉表情嚴峻地前來攀談。

「雅爾榭拉，妳怎麼啦？臉色這麼難看。」

「其實……我想跟您商量凪的事。」

「嗯？」

席恩不解地歪頭。

「什麼什麼？好玩的事？好笑的事？離譜的事？」

「凪怎麼了嗎？」

位在不遠處的菲伊娜和伊布莉絲聽了也跟著靠近。而凪這位話題主角，正好出門採買物品了。

（……她看準了凪外出，所以才來找我嗎？）

莫非是在本人面前不好開口的事？

「雅爾榭拉，凪發生什麼事了嗎？」

「是的……」

雅爾榭拉非常難以啟齒地開口說道：

「昨天半夜……因為我怎樣都無法入睡，便在宅邸內散步，結果看到瓜的房門開著一道小縫……還傳出奇妙的聲響。」

「奇妙的聲響？」

「像是摩擦某種物品的聲音，咻、咻、咻的。我止不住好奇心，於是往裡頭窺探……就看到了。」

「看到了？看到什麼？」

「……就是那個。」

雅爾榭拉說著。

然而眾人依舊無法理解。

「嗯？呃？妳……妳到底看到什麼了？」

「就是……那個啊。」

「……？」

「呃……我是說那東西就是那個，那個啊……」

「什麼？」

「我的意思是……嗚嗚～……」

雅爾榭拉一副為羞恥所苦的樣貌，最後似乎下定了決心，拉開嗓門——

「屆她——在做假陽具啦！」

喊出這句話。

席恩……卻聽不太懂。

「假……假陽具……？那是什麼？」

「什……！居……居然沒聽懂……！」

雅爾榭拉受到了打擊。

她求助般的將視線轉向菲伊娜和伊布莉絲。但……

「假陽？」

「具？」

看來她們也沒聽懂雅爾榭拉說出的詞彙。

「連……連妳們也不懂……妳……妳們過來一下！」

雅爾榭拉將她們兩人叫過來，接著移動到房間角落，以羞恥和憤慨交織的表情，對她們兩人說著悄悄話。

儘管她以極低的音量開口闡述……

「凪在做老二！」

「手工老二！」

接受到這個訊息的菲伊娜和伊布莉絲卻做出極大的反應。

「等……等等，妳們太大聲了啦！」

「……這是怎麼回事，雅爾榭拉？」

席恩也聽得一清二楚，因此再度詢問。

詢問那個不禁讓人蹙眉的猥褻單字意義。

「妳說凪在做老……咳咳！我是說，做男性的性器，是什麼意思？」

「是……呃，這該怎麼說呢？」

雅爾榭拉思索言語，往下說著：

「所謂的假陽具，換句話說……就是女性自慰時，使用的仿造男性性器……昨晚，我看見凪就在做這樣東西。咻咻地削著像這種形狀的木棒……」

「這……這樣啊……」

雅爾榭拉紅著臉，策動握拳的雙手做出削物品的動作。席恩也紅著臉，點了點頭。

（仿造男性性器……自慰……）

這對一個十二歲的少年來說，是難度有點高的話題。

雖說席恩是個潔白無瑕的少年，卻也有基本的知識。

他當然知道小孩子是透過何種行為誕生的。

不過反過來說，他也就真的只有最低限度的知識——一個成年女性的自慰行為，完全在他的理解範圍之外。

（那……那要怎麼用啊……？）

正當席恩懷著淺薄的知識，陷入苦思當中時——

「欸，雅爾榭拉，妳說的是真的嗎？」

菲伊娜以不解的神情問道：

「我不太能想像凪做了那種東西啊，如果是妳倒還可以理解。」

「……我總覺得妳好像說了什麼很失禮的話，但就先不計較了——妳說得沒錯，可是我絕對沒看錯。我原先也不太相信，所以認真看了好幾次確認……那東西毫無疑問就是男性的性器。」

雅爾榭拉忍著內心的羞怯，繼續往下說：

「形狀……就是那個東西喔……細長的棒狀，而且只有前端做出完美的頭型……那東西只可能是男性的性器。凪還神情恍惚地用心替那東西打磨呢……」

「咦……真的假的……？」

菲伊娜無言以對，只流露出一臉困惑。

「……假設啊……」

伊布莉絲也以九成尷尬、一成難為情的表情開口：

「退個一百步，凪她真的……就是……做了那種東西自己取樂好了……雅爾榭拉，妳為什麼要在這裡……把這件事說破？該怎麼說……視而不見才是一種禮貌吧？」

的確──席恩也表示同意。

就算凪私底下做了什麼東西──做了難以啟齒的東西，說得極端一點，那也是個人自由。

雅爾榭拉根本沒有特地向席恩報告的義務。

這分明是每個人的隱私問題。

「妳現在特地向少爺打小報告……如果這是真的，妳教我們以後要怎麼跟凪來往啊？」

「……其實我本來也沒有密告的意思。不管凪有什麼不能見人的嗜好，我都打算視而不見。同樣身為女人，我認為這才是一種體貼。可是……我做不到啊。看到……看到那種東西，我實在是……」

雅爾榭拉忍著眼眶中的淚水，繼續說著：

「因為……凪做的假陽具──尺寸非常巨大耶！」

「…………」

現場氣氛越變越詭譎了。

只有雅爾榭拉一人在這詭譎的氣氛中拚死解釋：

「大……大概這樣……不對，還要更大……我想大概有這麼大。妳懂嗎，伊布莉絲？很大吧？」

「好啦……這樣可能真的很大。可是又怎樣啊？這是凪的自由吧？」

「……妳還不懂嗎？」

雅爾榭拉一臉意外地說著，並認真看著兩名女僕。

「伊布莉絲，菲伊娜……我們的主人是誰？」

「小席大人。」

「少爺。」

「沒錯……席恩大人正是我們要永遠侍奉的唯一主人……他聰慧、才氣洋溢……是一位儘管年幼，卻比任何人強悍、聰明，而且尊貴的人……雖然他如此稚嫩、纖細、嬌小、惹人憐愛，但又如此高尚……」

換言之——雅爾榭拉繼續開口。

始終沒什麼重點的談話，終於來到核心。

「身為獻身給席恩大人的女僕——斷不可使用巨大又英挺的假陽具自慰呀！」

「妳在說什麼傻話啊！」

席恩忍不住吐槽。

但雅爾榭拉失控的情緒已經無法停止。

「這是……無法饒恕的背信行為。侍奉著像席恩大人這樣純潔的少年，卻做出那種巨大的東西……這種行為，簡直就是在羞辱席恩大人……！」

「……我倒覺得妳才是以現在進行式在羞辱我耶……？」

「噢，席恩大人，請您放心！我完全不執著於巨大的那話兒！雖然我還沒有那種經驗……不過如果以後我要自己做假陽具，我一定會仔細思量符合您的尺寸——」

「妳到底在說些什麼啦！」

面對雅爾榭拉失速的失控，席恩完全跟不上她。

「呵呵，原～來如此啊。也是啦，做那麼大的東西，的確很像在針對少爺。」

伊布莉絲一邊以嘲笑的語調開口，一邊將視線轉移到席恩身上。

「畢竟少爺還是個小孩子嘛。」

「……妳想說什麼？」

「不不不，沒什麼。」

「——妳們都先等一下！」

這時候，菲伊娜突然大叫：

「雅爾榭拉和伊布莉絲，妳們說得好像已經認定小席大人就是符合年齡的尺寸——可是搞不好小席大人出乎妳們的意料，是很驚人的尺寸喔！」

「「——呃！」」

菲伊娜一臉得意地提出糾正，讓雅爾榭拉和伊布莉絲雙雙露出驚愕的神情。

「說不定阝凪在一次機緣下，知道了小席大人的尺寸。搞不好她只是照著尺寸做，結果就是跌破眼鏡地巨大……」

「妳……妳在說什麼啊，菲伊娜？席恩大人……怎麼可能……會是……是巨大尺寸呢？席恩大人的那話兒，一定是像這樣，跟身材成正比地可愛，就像純潔又無瑕的花蕾……」

「不不不，這只是雅爾榭拉妳自己認定的吧？小席大人跟路上隨處可見的小孩子可不一樣，他是個超級天才，還是最強的前任勇者。我倒覺得就算那邊超出常理，也完全不奇怪。」

「怎麼……會……！沒……沒想到席恩大人……在可愛的外表下，竟有著巨大的那話兒……嗚嗚……等等，不過……這樣好像也……嗯……」

菲伊娜只顧著自說自話。雅爾榭拉則是令人費解地懊惱著。

「真是夠了，再扯下去根本沒完沒了。」

這時候，連伊布莉絲也參戰了。

「妳們猜來猜去也沒用啦。我看現在——乾脆來對答案吧。」

此話一出，三名女僕同時往席恩看去。

再說得具體一點——是他的胯下附近。

「……等等，我可不會給妳們看喔！」

席恩反射性發出大叫。被三個女人以肉食野獸般的眼神盯著看，他的背脊竄出一陣涼意。

「沒差吧？又不會少塊肉。」

「噗～小席大人是小氣鬼。」

「我……我當然無意要求席恩大人在這種地方暴露您的私密部位喔！是真的喔！」

「……我說妳們，玩弄我也該有個限度啊。」

席恩厭煩到極點地說著，並從椅子上站起。

「這件事到此結束。同時禁止妳們去探究凪的隱私。」

他毅然決然拋下這句話，隨即背對她們三人走出房間。

（受不了，大白天就開始那種沒品的談話……）

席恩一個人板著臉走在宅邸的走廊上。

儘管剛才因為那三個人的捉弄，腦袋堆滿了恥辱與憤怒，冷靜卻隨著時間慢慢回歸，讓他因此興起另一個懸念。

（……那……那是真的嗎？凪真的在做假陽具嗎？）

雖然席恩要求女僕們「禁止探究」，他自己卻同樣感到掛心。

其他三個人就算了，凪是女僕中最有矜持、最具貞操觀念的人。對席恩來說，凪熱衷那種行為，在某種意義上是一大衝擊。

儘管席恩精通魔術和武術，甚至擅長各種學問——但這樣的少年，至今依然未曾抱過女人。

對於女性的生態或性慾，他可以說是完全無法理解。

（……不行，這樣不太好。嗯，不太好。就算只是在心裡想，也是對凪的一種冒犯。還是別再去想——）

「——主公？」

「嗚哇啊啊啊啊！」

席恩驚叫出聲。

正當他一邊埋頭苦思，一邊往前走，凪不知何時便出現在眼前了。

「是……是凪……啊？妳回來啦？」

「是的。屬下正好剛回到宅邸。」

「這……這樣啊……」

「主公，您怎麼了嗎？屬下看您神情複雜，似乎專心想著什麼事。」

「……沒什麼。」

「畢竟主公相當聰慧，屬下猜想，那想必是些高尚而且玄妙的問題吧。」

「算……算是吧……」

席恩怎樣也說不出自己想的問題極其低俗。

「唔，您的臉好像很紅……」

「我沒有！」

席恩大叫著，死命否認。

然而當他看見凪的臉……不管怎麼努力，剛才的談話就是會掠過腦海，讓他的思緒往下流的方向偏去。

（……不對，先等一下。剛才那些話又還沒確定就是真的。雅爾榭拉可能只是看錯了什麼……）

「凪……凪……」

席恩下定決心，拋出話題。

「什麼事？」

「那個，該怎麼說……妳最近怎麼樣？」

「……什麼？」

由於這疑問實在過於抽象，凪頓時愣在原地。

即使如此，當然也不能直接詢問。

「就是……我是說那個……妳……妳晚上有好好睡覺嗎？」

席恩以自己的方式，極力做出迂迴的用詞。

「噢……睡眠方面是沒有什麼問題。」

「那就好……可是，那個……妳有時候不是會熬夜嗎？在半夜工作之類的……」

「工作……？」

凪一開始還聽不懂席恩在說些什麼，但不一會兒便像是想到了什麼，發出「啊」的一聲。

「難道——主公說的是屬下半夜做的那個嗎？」

「咳咳！」

（她……她要承認了？）

見凪意外乾脆地承認，席恩發出了怪聲。

「妳……你說的那個，是……是木製的……」

「是的。」

「形狀……是像這樣，然後尺寸是這樣，這邊是一顆頭的感覺……」

「正如您所說。」

席恩比手劃腳，照著從雅爾榭拉那邊聽來的形狀闡述。凪聽完，乾脆地點頭承認。

（原……原來是真的啊……凪真的做了假陽具……）

席恩一陣錯愕。

然而與之形成對比，凪極為正常地開始訴說：

「其實屬下最近半夜一直在做那個……因為之前一點一點做出來的東西，最近終於成形了。」

凪說得有些難為情，卻又有些驕傲。

「一想到馬上就能完成，便不由得開始熱衷起來，一直做到深夜……啊，難道弄得很吵嗎？屬下自以為有注意音量了……」

「沒有，聲……聲音沒什麼問題……」

「那就好。」

「不過妳……妳還真是認真在做這件事耶。」

「是啊……說來真不好意思。」

凪有些害羞地說著：

「其實屬下自幼就喜歡做那個東西。」

「從……從小就開始！」

「屬下甚至會替它取名。」

「那……那是需要取名的東西嗎？」

「您果然……覺得屬下不適合吧。像屬下這種女人，一點也不適合擁有這種可愛的興趣。」

「……不，沒……沒有這種事啦……」

見凪自嘲地說著，席恩實在不知該怎麼回答她。

說實話，他嚇傻了。

嚇得退避三舍。

「那個，主公……如果您不嫌棄，屬下下次可以做您的份嗎？」

「我、我的份！」

「是的。屬下想把自己做的東西獻給您。」

瓜認真地提出請求，她的樣子看起來一點也不像在開玩笑。

這讓席恩腦中的混亂來到最高點。

（……咦？什麼？給……給我？要把男人的那個，給身為男人的我……咦？我該拿那玩意兒怎麼辦才好……？那玩意兒要怎麼用啊？）

以十二歲有的性知識來說，實在無法處理這個情報，席恩的腦袋已經快要當機了。

「主公……？」

「沒事，呃……我……我很高興妳有這份心……可是那種東西對我來說還太早……而且如果可以，其實我這輩子都不太想用……」

「……說得……也是。真是非常抱歉。屬下自己做出來的破東西，怎麼可能適合主公使用嘛……」

「啊啊……不、不是啦！我真的很高興妳有這份心。可是……我……我覺得我一個男人，應該用不上那個東西吧……？」

「什麼……？屬下認為那東西無關男女，都能用呀。」

「無關！所以妳的意思是，那東西……男人也能用……？」

「是啊……不過它除了拿來當房間的擺飾，應該也沒有其他用途了。」

「如……如果男人要用，是不是只能用在那——咦？」

就在席恩的思緒即將越線之際，他終於發現他們的對話兜不起來。

「擺……擺飾……？」

「是的。」

凪稀鬆平常地說道：

「那是個木製人偶，當作擺飾很正常吧？」

「…………」

人偶？

「妳……妳們幾個……！實在恬不知恥！」

一道憤怒的吼聲響徹室內。

只見凪豎起柳眉，噴出如烈火般的憤怒。

然而她的臉龐卻是一片通紅，泛著濃厚的羞恥色彩。

「居然灌輸主公錯誤的知識……！說什麼我在大半夜做仿造的木製陽……陽……陽

具……！妳們不知羞恥也得有個限度啊！」

凪以大字型的站姿激動地說著。三名女僕就在她的面前。

所有人都是跪坐。

「噗～我沒有錯喔。先提起這件事的人是雅爾榭拉啊。」

「對啊對啊，這一切都是雅爾榭拉不好。」

心有不服的菲伊娜和伊布莉絲瞪著跪在旁邊的雅爾榭拉。

「我……我只是有了那麼一點點誤會嘛。因為……那東西不管怎麼看都是陽——」

「妳……妳說這是什麼話！那不管怎麼看，都是可愛的『木芥子』吧！」

凪一邊死命大吼，一邊亮出拿在手上的人偶。

那東西似乎稱作「木芥子」。

據凪所說，那是她的祖國流傳下來的傳統工藝品。

（……對了，凪說過她喜歡木製人偶，還說她會自己雕刻。）

以前他們一起前往維斯提亞採購——也就是席恩送她兔子的木雕時，似乎有過這樣的對話。

席恩坐在房間一隅，在遠處靜靜望著女僕們，同時重新看了看凪拿在手裡的人偶。

也就是那個將木頭削過，製成的人偶。

圓柱形，其中一端磨圓，並削出狀似脖子的凹槽。

（……嗯——）

是因為先接收到雅爾榭拉說是「那種東西」的緣故嗎？

這不管怎麼看，都是——

「這是小雞雞吧。」

「是老二吧。」

「……欸，凪，妳其實是在騙我們吧？因為這種形狀下流的東西，怎麼可能是傳統人偶……」

「唔……妳們幾個，竟三番兩次瞧不起我國的文化……！」

凪發出極度不情願的哀號。

「因……因為這還只是把木頭削出形狀，所以看起來才會像老……而已！只要上面確實畫出臉——」

「「「要在老二上畫臉！」」」

「這不是老二！」

面對未知的文化，三個女僕皆是一臉訝異，凪也發出吶喊。

一個人坐在遠處的席恩則是——

（……真是一段沒意義到極點的時光。）

他一邊看著外頭的風景，一邊吐出深深的嘆息。

第二章

前任勇者不會喝酒

Genius Hero and Maid Sister.3

巴坦鎮。

位於羅格納王國西方——也就是在艾爾特地方的一座城鎮。

雅爾榭拉和伊布莉絲兩個人現在正在這個城鎮的入口處。

為了採買物品。

「唉——有夠沒力的。受不了，為什麼非得特地跑到這麼遠的地方來買東西啊……」

「抱怨也無濟於事呀。」

見伊布莉絲厭煩地說著，雅爾榭拉帶著譴責的語氣告誡：

「因為上次那場騷動，讓我們在維斯提亞太引人注目了。暫時別出現在那裡才是上策。」

「是是是，您說得對。」

如果是平常，女僕們上街採買都會前往維斯提亞鎮——但那個地方上個月發生了一起事件。

「零號研究室」。

那原本是個政府直轄的組織，但在兩年前戰爭結束的同時，整個組織的存在便遭到隱匿，是個不能公開的研究機構。

當時研究室的餘黨企圖顛覆國家，因此首先挑上維斯提亞鎮，作為第一場恐怖攻擊的場所。

至於結果——以失敗告終。

一切都歸功於席恩和女僕們的活躍。

席恩他們成功鎮壓反政府組織，過程中甚至沒有任何人死亡——卻因為這場行動，讓他們出了點小鋒頭。

尤其是為了打倒被派遣到街上的人魔兵而行動的菲伊娜、伊布莉絲、凪，有許多人都在傳，說她們是「國家祕密派遣過來的騎士團團員」。

過著隱居生活的席恩等人只想避免不必要的鋒頭。

因此他們決定在風聲過去之前，不要靠近維斯提亞鎮，採買等要事就到其他鄰近的城鎮解決。

「……哦，這裡跟維斯提亞的印象很不一樣嘛。每個人都一副很有品的樣子。」

兩人走在鋪設整齊的石板路上，伊布莉絲環伺周圍這麼說道。

往來街道的人們，不論大人或小孩，皆身穿著漂亮衣服。而且街上不見任何一個奴隸或流浪漢，就連巷弄內都保持整潔。是個富有清潔感和高級感的城鎮。

「妳是第一次來這座城鎮吧？」

走在前頭的雅爾榭拉開口：

「維斯提亞鎮是鄰近西邊國境的商業都市……有大量的人和貨物進出，是個受到商業團體影響相當大的城鎮。反觀這個巴坦鎮是個和中央關係深厚的城鎮。簡單來說，就是貴族的城鎮。」

「哈，難怪我覺得這裡很安靜。」

「聽說城鎮中心只有貴族可以進入喔。我們這種外地人能涉足的地方，只有最外圍的這個商業地區了。」

「嘖，人類這種生物還是老樣子，最愛歧視和區隔了。」

伊布莉絲諷刺地笑道：

「我才不管是不是貴族。但不靠能力，只靠出生就決定一切，這種世界我實在無法理解。」

「……是啊。」

雅爾榭拉語重心長地點頭，接著又說了一句：「可是——」

「生來就決定一切——這點我們也一樣吧？」

「……呵呵，一點也沒錯。」

伊布莉絲依舊帶著諷刺的笑。

就在這個時候——

吵雜的群聚突然現身在原本安靜的街道上。

那是個成年男女混雜，大約十來人的集團。

他們舉著旗子和布條，高聲叫著：

「亞人也要人權！」

「奴隸制度是舊時代的陋習！」

「現在正是我們羅格納王國國民取回驕傲的時候！」

「我們羅格納王國是大陸最優秀的國家！所以更應該站在引導其他國家的立場！」

「廢除奴隸制度！亞人也是我們人類的同伴！」

集團的人們接連開口大喊。

高舉過頭的旗子和布條上寫著「廢除奴隸制度！」和「給亞人人權！」等字眼。

「……那是啥？」

「是反奴隸運動吧。最近似乎很活躍。」

見伊布莉絲歪頭不解，雅爾榭拉繼續解說：

「報紙上也有寫喔。最近在一部分貴族之間興起廢止奴隸制度的活動，好像是騎士團的某個部隊長擔任先驅發起的。」

「是喔。」

伊布莉絲歪著頭。

「真是莫名其妙。如果是奴隸們舉旗反對，我還可以理解。為什麼是貴族為了奴隸在行動啊？」

「我想應該有很多內情……不過一言以蔽之，就是『因為和平』吧。」

雅爾榭拉交雜著嘆息，繼續往下說：

「魔王這個明確的威脅消失後，所有人期盼已久的和平世界終於到來。而且羅格納王國是擁有『勇者』列維烏斯這個戰爭首功者的大國，現在處於非常安穩的狀態。沒有戰爭，經濟穩定……長此以往，不愁吃穿的貴族便會開始追求美容、嗜好……還有品格吧。」

「品格？」

「想成為一個更美好的人……不對，應該是想自負『我是一個好人』吧。」

「哈，簡單來說，就是貴族的心血來潮吧。」

「我想應該也是真的有出自好心和正義感行動的人……但不管怎麼說，這都是建立在國家安穩之上的運動。」

魔王還在世的時候——也就是國家紛亂之時，根本不可能會有這種運動。每個貴族都擁有奴隸，並且殘酷地使喚他們。

因為他們是便宜的勞力。

有時也是抵擋危機的傭兵。

另外——更是守護主人的盾牌。

用過就丟的奴隸有著很高的市場需求。

然而一旦世界獲得和平，人們便會開始說些冠冕堂皇的話，做出聖人君子般的行徑。

「聽說這個國家以前也有類似的運動。不過這次尤其重視的是——亞人奴隸。」

「…………」

伊布莉絲的神情有一瞬間顯得僵硬。

「如妳所知，這個國家基本上禁止亞人擁有居住權。國家唯一認可亞人的是——成為人類的奴隸，在這裡生活。」

雅爾榭拉輕描淡寫地說著。

亞人。

這個名詞是用來統稱那些雖然是人，卻混雜非人血統的人。

獸人、精靈、矮人、魔族混血兒……等等。

生來擁有非人的外表和能力者，俗稱亞人。

絕大多數亞人擁有自己的國家，並建立了自己的社會和文化過活——但也有一些亞人在各種苦衷之下，漂泊到人類國家來。

亞人在人類社會受到的待遇，會因國家不同而出現極大差異。

在某些國家，亞人能正常生活在人類的圈子內——但在羅格納王國裡，亞人的地位非常低。

其中一個原因，就是和魔族持續了多年的戰爭。

國內許多人將亞人和魔族劃上等號，亞人經常是被厭惡、被憎恨的對象。

這樣的亞人要在這個國家生存的唯一方式——

就是成為人類的奴隸。

如果是奴隸——並非以「人」的身分，而是「物品」，亞人就能獲准在這個國家生存。

「世上不存在能明確劃分亞人和魔族的基準，所以歧視亞人、隔離亞人的國家不在少數……然而只要大陸最大的羅格納王國改變，今後亞人在人類之間的地位或許就會慢慢改變了。」

「……管他的。」

伊布莉絲以有些自暴自棄的口吻說道：

「不管亞人會變怎樣，都跟我沒關係。」

她以強烈的語氣拋出這句話。

就像是要說給自己聽的一樣。

「雅爾榭拉，我們快點把事情辦一辦吧。」

伊布莉絲背對大聲高喊解放奴隸的集團，就這麼邁出步伐。雅爾榭拉見狀也跟上她。

「總之——要把書店全都逛一逛嗎？」

「也對。」

雅爾榭拉點頭。

今天她們受命要完成的工作，是採買日用品——以及找書。

「放在圖書館的那種千篇一律的書籍，席恩大人過去已經全看過了……這次他拜託我們找的是，童話或民間故事這種能期待內容從民族學觀點切入的書籍喔——我們就地毯式搜索，找找和聖劍有關的童話和預言吧。」

「呃……我有種很像在追查一條細到不行的蜘蛛絲的感覺。」

「這也沒辦法啊。」

雅爾榭拉輕輕地聳了聳肩。

「聖劍的情報、魔王的真面目，還有那個名為『諾因』的謎樣少年……這種事情又不會寫在一般正常的書裡面。」

上個月——

維斯提亞鎮舉辦了一場武鬥大會。

為了探查「零號研究室」的動向，席恩參加了那場大會——卻在大會上遇見身分不明的人們。

一名自稱諾因的少年。

以及——兩年前打倒的魔王。

席恩和理應被自己打倒的魔王重逢，同時得知她原本是個人類的事實。

她為了眾人，與魔族戰鬥，被人稱作「勇者」——這就是魔王的真面目。

拯救了世界的勇者末路。

這就是——被席恩打倒的魔王。

在遙遠的從前，她也在打倒了魔王之後，得到和席恩一樣的詛咒，成為只是存在於此，就會侵蝕周遭生命的怪物。被過去信任的同伴背叛，被自己拯救的人民冷待、責怪、輕蔑、鄙視……因此她詛咒了世界。

那一瞬間，她的身心便已墮入魔道。

墮落成為和自己打倒的魔王同樣的存在——

這就是席恩在上個月的邂逅中得知的——魔王的故事。

席恩把這件事情告訴四名女僕了。

他覺得隱瞞毫無意義。而且如果可以，他希望能共享情報，並詳加調查。

他也想過她們可能不會相信這麼光怪陸離的事——但所有女僕中，沒有任何一個人懷疑席恩所說的話。

這份信賴確實令人欣慰。然而——

對她們來說，魔王的真面目和諾因的存在，無疑是個極具衝擊的新事實。她們沒有人發現魔王原本是人類，對諾因這名少年更是毫無頭緒。

「……呼……」

這裡是宅邸的書庫。

席恩自書頁間抬起頭，大大吐出一口氣後，伸手揉了揉眉間。

（就算我再厲害，還是有點累了。）

現在是雅爾榭拉和伊布莉絲外出採買的時候。

席恩埋首書庫之中，調查著某件事。

吃完午餐後，他前前後後也已經專心看書四個小時了。書桌側邊堆著他已經看完的十幾本書。

「主公，您要不要稍微休息一下？」

當席恩舉起雙手伸展身體時，凪正好端著紅茶前來。

「謝謝妳，凪。也對，就稍微休息一下吧。」

席恩道了聲謝，接過茶杯，啜飲紅茶。

「有查到什麼有助益的情報嗎？」

「……很可惜，目前為止還沒有什麼新發現。不是一些已經知道的知識，就是毫無根據的臆測和妄想。」

席恩一邊嘆氣，一邊看著那堆書山。

那些都是——關於聖劍的書。

聖劍。

神聖之劍。

神賜予人類對抗魔族，具有極大威力的武器。

那是據說在遠古以前，眾神憐憫人類的脆弱，所以為了人類製作的武器。

這種武器的使用條件——就是身為人類。

條件僅只如此。

聖劍只有純粹的人類能使用。換句話說，只要是人，誰都能發動這種武器。

「我把『梅爾托爾』吸收到體內，身上的詛咒因此有了些微的弱化。魔王的詛咒和聖劍一定有某種因果關係。所以我才試著看遍所有有關聖劍的書籍……事情卻沒有那麼順利。」

「……這真是個難解的問題呢。」

凪遺憾地說著。

這時席恩緩緩地舉起右手。

在那只施加了封印術式的黑色手套之下——有著一抹不祥的刻印。

看起來像是利爪尖牙造成的傷痕，讓人看了覺得不忍的刻印。

席恩受到的詛咒，就在給了魔王最後一擊的右手上。

從席恩接受了這個咒印的那天起——他就被詛咒了。

能量掠奪。

只是存在於此，就會吞噬周遭生命的怪物。

儘管可以憑著自己的意志達到某種程度的壓制，卻不可能完全控制住。

然而——

這個曾經無計可施的詛咒，最近有了一個變化。

那是大約兩個月前——席恩在一個進退兩難的情況下，將過去的愛劍——「梅爾托爾」吸收到體內的事件。

只有人類才能使用的聖劍——他強制改寫這個特性，將劍納為己有。

也就是把聖劍變成了魔劍。

結果席恩身上的詛咒有了變化。

詛咒——產生了非常細微的弱化。

過去無論使用什麼手段，都莫可奈何的詛咒，竟有了些許的弱化。

就因為將聖劍納入體內——

（……從書上找線索可能還是有極限吧。）

自從他著眼在聖劍和詛咒之間的關聯後，就託女僕們去尋找和聖劍有關的書籍。但至今依然沒有任何亮眼的成果。

或許在市場流通的書籍，並沒有他想要的情報。

「到頭來……還是只能調查實物了吧。」

「您說的實物，是指其他聖劍嗎？」

席恩點了點頭。

「說到離我們最近的……這個國家除了被我吸收的『梅爾托爾』，還有另外兩把聖劍。」

「您是說『薩格勒』和『利特』吧。」

羅格納王國代代流傳著三把聖劍。

啃食質量的「薩格勒」。

掌管流向的「利特」。

以及——掌握距離的「梅爾托爾」。

「這個國家的聖劍全都由王族管理……規定只有王室認可的人才能使用。『梅爾托爾』表面上是列維烏斯持有，王室卻不許他攜出王都。」

話又說回來，其實現在保管在王都寶物庫裡的那把「梅爾托爾」，是席恩製作的贗品。只具備相同的外觀和最基本的性能，若是列維烏斯以外的人使用，馬上就會明白那是假貨。所幸現在尚未被識破。

「剩下的兩把，也就是『薩格勒』和『利特』——持有人是騎士團的團長和副團長。」

席恩說著。

說到這裡，凪的神情變得有些難解。

「……羅格納王國騎士團的團長和副團長……屬下雖然沒有直接和他們對戰過，卻有聽過他們的傳言。在魔王軍之中，這兩個聖劍持有者都被視為特別戰力，因此備受警戒。」

「我想也是。」

「當然了，我們最害怕的是席恩・塔列斯克這個威名。」

「……妳……妳不用特地捧我啦。」

席恩不禁吐槽。

「騎士團的團長和副團長是王室絕對信賴的戰士，他們持有的聖劍對國家而言，也是無可取代的至寶。」

如果要論國民擁戴的程度，（在認知上）打倒魔王的列維烏斯應該勝過他們。

但對知曉戰爭實情的王室來說，列維烏斯不過是個傀儡勇者。

目前執掌國家的人最信賴的戰力，依舊是位於騎士團頂端的兩名聖劍持有人。

「簡單來說，這兩把聖劍都在國家嚴密的管理之下。不管我這個被放逐出王都的人再怎麼低頭求情，也不可能拿到聖劍。」

「……但如果是您，手段要多少有多少吧？」

「嗯，的確——我並不是沒有辦法。如果是強硬又骯髒的手法，我倒是可以想到幾個。但要是真的那麼做，就等於是與整個國家為敵。」

「…………」

「我沒有不惜攪亂國家，也想恢復原本身體的想法。」

席恩說道。

斬釘截鐵地斷定。

他在過去的戰爭中，早已感觸良多。

當國家動亂，受害最深的人往往是地位低下的弱者。所以他無法不惜犧牲那些人的人生，自私地苟活。

雖然他早已失去勇者這一稱號——

但至少心志上，他依然想當個勇者。

「主公，您真的非常溫柔。」

「……才沒有這回事。這很普通，很正常。」

席恩羞怯地回答穩重地看著自己微笑的凪。

「總之——直接調查聖劍的這個辦法不實際。現在的作業可能很繁瑣，但也只能一個一個調查有關聖劍的著作和傳言了。」

「屬下明白了。為了早日解開您的詛咒，我們也會盡力幫忙。」

「謝謝妳，凪。妳說得對，得早日解開這個詛咒——」

話還沒說完，席恩便陷入沉思。

（……詛咒……嗎？）

自從席恩吸收聖劍，讓詛咒有了些許弱化之後，就有個想法始終在腦海裡揮之不去。

手上這個是否真的是詛咒——這一根本的疑問。

他在吸收「梅爾托爾」後，能量掠奪有了些微的弱化。但更正確地說——應該是變得更能控制比較貼切。

儘管無時無刻發動的能量掠奪弱化了——一旦解放它的力量，強度卻沒有任何衰退。

因此這並非弱化——而是獲得控制的範圍增加了。

與其說是聖劍的力量中和了詛咒——

更像是一分為二的東西，再度結合了一樣——

（詛咒……我一直理所當然地使用詛咒這個名詞。）

但追根究柢，這真的是詛咒嗎？

這會不會不是詛咒，而是某種——

（……對了。我那時候和魔王的對話——）

「主……主公，您怎麼了嗎？」

「……嗯？啊啊，沒事。只是想到一件在意的事。」

席恩一邊搜尋著記憶，一邊回答：

「上個月的武鬥大會時……我有告訴過妳們，我跟魔王說過話吧？」

「是……是的……」

在一個空無一物的空間，和魔王對峙——

席恩和還是人類時的魔王——和人稱勇者時的她對話。

「雖然時間很短，我們還是說了很多。關於魔王的過去、歷史，還有……我的詛咒。」

可是——席恩繼續說道：

「現在仔細想想——魔王那時候從沒用過『詛咒』兩個字。」

魔王的過去和席恩有異曲同工之妙。

她打倒當時的魔王，被詛咒之後——墜入魔道。

儘管她和席恩有著相同的境遇，卻從沒用過「詛咒」這個詞。對印在右手上的咒印，她也只用「刻印」形容。

「我和那個魔王邂逅……都是諾因這個少年設計好的。所以我很猶豫，關於所有到手的情報，我不知道該相信到什麼地步……」

可是——

他覺得唯有魔王說的那些話，應該值得信任。

從諾因嘴裡說出的話全都很虛假，他的存在甚至曖昧不明。與之相比，席恩在漆黑的世界裡重逢的魔王……卻是難以狀擬地虛無。

她沒有誠意和熱情；相對的，也沒有任何算計和陰謀。

席恩從那對宛如死人般毫無感情的眼眸中，完全感覺不到她存有想陷害自己的思緒。

「若是受到詛咒，那只要尋找解咒的方法就行了……但這玩意兒或許不是這麼單純的東西。」

當席恩吐出深深的氣息──

「詛咒……聖劍……」

凪也露出沉思的面容。

「妳怎麼了，凪？」

「沒有……這可能不是什麼大事……」

凪說著，問了一句「能否借屬下一用？」後，拿起桌上的筆，接著在紙上振筆疾書。

白紙上寫著這個字：

呪。

這對席恩來說，是個陌生的記號。

「這是……」

「這是我國的文字。」

這個有著陌生稜角的記號，似乎是東方島國的文字。

「這個字代表『下咒』、『詛咒』。另外……」

瓜繼續動筆書寫。

在「呪」的旁邊寫下這個字：

祝。

「這個字是『祝賀』、『祝福』之意。」

「『祝福』……」

「很相似對吧？」

席恩點頭回應瓜的問題。

這兩個文字非常相似。

「呪」與「祝」。

兩個意義完全相反的文字，卻極為相似——

「這兩個文字相似的理由——據說是因為『詛咒』和『祝福』的本質相同。」

「本質相同……？」

「就從理法之外降臨人身的這點來看，雙方都一樣。若是對自己有益的影響，這些無法以常識解釋的現象，我國自古以來都稱為『祝福』，並且欣然接受。反之，若對自己有負面影響，則稱之『詛咒』，並且厭惡……」

「………」

「詛咒」和「祝福」。

意義完全相反，照理來說，是無法相容的兩種現象。

然而東方的島國卻找出兩者的共通點，認為雙方本質相同，所以表現出來的文字才會如此相似。

（就像……雨也是這樣嗎？）

降雨是一種自然現象。

倘若雨水下在日照持續、因水資源不足而苦的地區，那就是「恩惠之雨」。但反過來說，降水過度的豪雨卻會化為另一種災害，折磨著人們。

一樣都是雨，依地區和狀況，也會擁有完全相反的意義。

儘管如此，雨就是雨，不會是其他東西。

兩者的本質——是一樣的。

不同的是，人們對其解釋的方式。

取決於對自己有益，或者有害。

「呪」和「祝」。

「魔王的咒印」和「聖劍」——

「呃，非常抱歉。屬下只是想說，我國流傳著這種說法……」

凪似乎不知道接下來該說些什麼，滿臉歉意地表示。

「……不會。謝謝妳，凪。我學到了很多。」

「哪裡，別這麼說……能幫上您，是屬下的榮幸。」

面對席恩低頭道謝，凪不斷左右揮舞著雙手。

就在這個時候——

「叩叩！」

菲伊娜以出聲代替敲門，就這麼走了進來。

「小席大人，凪，飯煮好嘍。雅爾榭拉和伊布莉絲也回來了，差不多該吃飯嘍。」

今天負責煮飯的人是菲伊娜。

如果要用一句話來形容她的料理，那就是野性。

今天的菜色是將在森林捕獲的野獸大膽切成等分，以香草、鹽巴還有胡椒重口味調味，然後烤熟。另外再將沒了肉的骨頭熬成湯。

儘管份量偏多，而且和餐廳的風格完全搭不起來算是美中不足的兩點，不過料理本身的完成度卻無可挑剔。

席恩他們五個人就這麼坐在以肉類餐點為主的餐桌前——

「嘿嘿嘿，其實我帶了一個絕佳的伴手禮回來喔。」

伊布莉絲一邊開心地說著，一邊拿出一個瓶子。那是個用軟木塞封著瓶口的透明容器，裡頭裝著茶褐色的液體。

「那是什麼？」

「是蒸餾酒（白蘭地）。其實我也不是很懂，不過好像是高級貨喔。」

伊布莉絲心情大好地說著。

光看外表，席恩就知道那是蒸餾酒了。他真正想知道的是，伊布莉絲取得那玩意兒的過程——關於席恩在意的這部分……

「其實我們在巴坦鎮碰巧遇上搶劫。」

雅爾榭拉開始替席恩解釋：

「想說視而不見也不太好，我們就把犯人抓住，並交給憲兵。受到我們幫助的人是一對貴族老夫妻，他們無論如何都想謝謝我們……所以我們便收下那瓶蒸餾酒了。」

「嗯，原來是這樣啊。」

巴坦鎮是貴族城鎮。

治安和維斯提亞那種地方相比要好上不少，卻也有許多過於相信治安的居民。在劫匪眼中，貴族出入人多手亂的商業地區，想必是一頭肥羊吧。

「嘻嘻嘻，我不知道多久沒喝酒了。」

「咦……好好喔。只有伊布莉絲能喝，太詐了。」

「我沒有一個人霸占的意思喔。因為對方還送了五、六瓶給我們。大家一起享受吧。」

「真的嗎！好耶！那我去拿煙燻肉和起司過來！」

伊布莉絲和菲伊娜開心地準備起下酒菜。然而——

「妳們兩個都慢著。不行喲，不可以喝酒。」

雅爾榭拉卻拋出這句無情的話語：

「女僕在主人面前喝酒，這種事怎麼可能可以？」

「雅爾榭拉說得對。」

凪也附和道：

「不管主公為人有多溫柔，心胸有多寬大，妳們還是太放縱了。妳們應該搞清楚身為家臣的本分。」

「「咦……」」

受到教訓的兩個人心有不服地嘟起嘴巴。

「我不介意喔。」

卻在席恩這麼一說後，雙眼一口氣發亮。

「真的嗎，小席大人！」

「難得人家送了禮物給我們，不喝就浪費掉了。」

「好耶，我最愛小席大人了！」

「不愧是少爺，就是懂人情世故。」

菲伊娜和伊布莉絲兩個人發出歡呼，繼續準備酒席的開設。

「……席恩大人，這樣真的好嗎？」

「無所謂。妳和凪也不必顧慮我，想喝就喝吧。」

「可是……您不喝對吧？」

「嗯。」

席恩不喜歡酒。

與其說他不會喝，倒不如說他沒喝過多少次。

羅格納王國並無限制飲酒年齡的法律，所以他並非因為年紀小不能喝。

他純粹是討厭酒的味道。

儘管曾經因好奇而沾過一口，依舊不覺得那東西好喝。

「……既然主公不喝，怎能只有我們貪杯……」

「我都說妳們不必顧慮我了。」

見凪露出不安的神情，席恩強勢地說：

「妳們替我著想，我很高興……可是我不想變成一個只會讓妳們顧慮我，就這麼剝奪妳們自由的主人。不過是喝酒，妳們就隨興喝吧。」

「……既然主公這麼說……」

「……也對。」

原本反對喝酒的凪和雅爾榭拉對看了一眼，然後輕輕點頭。說真的，她們兩人或許也很想喝酒吧。

席恩抱著輕鬆的心情勸她們喝酒。

但——這時候他還不知道。

因為思慮淺薄勸酒，最後竟發生了什麼事——

提到酒，席恩就想起從前的夥伴。

為了討伐魔王而派出的勇者小隊。

成員有身為勇者的席恩、劍士列維烏斯。

以及武鬥家、魔術師、神官等三個夥伴。

不對。

嚴格來說，他們或許不算夥伴。

那三個人大概沒把席恩當作夥伴。而且說實話，席恩自己對那三個人也沒什麼好感。

他們的小隊充其量就像上頭把空有實力，人格卻完全有問題的人硬是塞進來一樣。

武鬥家好色，神官是個自殺慣犯。

此外魔術師——是個酒鬼。

那個人一天到晚都在喝酒，如果不在酒醉狀態，他就無法好好發動任何一種魔術，完全是個重度的酒精中毒者。

小隊裡有這樣的大人，也是席恩討厭酒精的其中一個原因。味道難喝就算了，席恩更看不慣的是「喝醉酒的大人」，那實在是很難看。

然後——現在。

席恩覺得他對酒精的厭惡又多了一點。

「唔——耶，伊布莉絲！」

「……唔——耶，菲伊娜～」

愛喝酒的兩個人一邊喊著莫名的吆喝聲，一邊彼此碰杯。這已經不知是第幾次的乾杯了。

「啊哈哈，果然還是喝酒好啊。興奮又爽快……啊哈哈哈！」

菲伊娜愉快地笑著，一口葷肉，一口黃湯輪流下肚。

「………啊！不，我沒睡！我沒睡著！我還可以喝！」

看來伊布莉絲喝了酒就會想睡，儘管意識斷線了一瞬間，還是甩了甩頭，再度乾了杯中的酒。

「……哼，真是吵死人了。酒就應該安安靜靜地喝啊。」

凪的口吻和平常沒兩樣，但她的臉極為紅潤。

一旦她喝光杯中的酒，便會馬上從酒瓶倒出大量的酒。這添酒的方式一點也沒有她平常楚楚動人的樣子，顯得非常大膽。

「凪，妳慢一點，妳會不會喝太多啦？」

「唔……雅爾榭拉，妳想羞辱我嗎？妳……妳想縮窩……不勝酒力嗎？窩凪．主天．天草，就算喝了酒，也不會不森酒哩～……！」

「是是是，知道了知道了。」

雅爾榭拉一邊敷衍著話已經說不清楚的凪，一邊高雅地舉杯就口。和其他三個人比起來，她的態度看起來極為沉穩——

「呼……總覺得身體開始變熱了耶……我看衣服乾脆脫掉算了？」

……不。

看來她也醉得非常厲害。

（這……這是什麼狀況啊……？）

席恩只能困惑。

都醉了。

她們四個人都醉了。

從席恩不假思索同意女僕們喝酒算起，很快就過了兩個小時。

她們陸陸續續喝光瓶中的酒。

那酒的度數似乎頗高，而且她們喝的速度也頗快。當席恩回過神來，就連一開始充滿顧慮的雅爾榭拉和凪，也一杯接著一杯乾了。

（她們幾個喝醉之後，就會變成這樣嗎……？）

儘管沒有人性格大變鬧事，卻所有人都醉得有模有樣。

臉頰紅潤，眼眸水嫩，模樣和姿勢撩人，聲音也莫名嬌甜——該怎麼形容呢？感覺好像所有人都比平常多了三成的嫵媚。

對一個尚且年幼的少年來說，完全是一幅不知該看哪裡的光景。

（……算……算了，就這樣吧。反正也是偶爾為之。）

席恩想，打擾她們偶爾放鬆也不太好……應該說，他有些害怕被喝醉酒的年長女性捉弄，也就不管她們，打算自己縮在角落，靜待宴會結束。但——

「耶——！小席大人！」

想當然耳，這四個喝醉的大姊姊根本不可能放著席恩不管。

「唔——耶！小席大人，你有在興頭上嗎？」

菲伊娜一邊單手拿著酒杯，發出興奮的聲音，一邊放軟全身力道，靠過來抱住席恩。

「奇怪？你根本沒在喝嘛。」

「……我……我不是說過我不喝了嗎？」

「啊～有嗎？算了，無所謂啦。我們一起興奮到最高點吧！」

「呃……喂……妳別一直黏著我啦！」

「啊哈哈，有什麼關係嘛。這是酒席啊。」

「不要把喝酒當成藉口。追根究柢，妳平常不都是這樣……」

「唔……既然你這麼說，我乾脆比平常還誇張好了。看我的看我的～」

菲伊娜不懷好意地笑著，同時把手繞在席恩的脖子上，將自己的胸部往席恩臉上塞。席恩感受到臉頰傳來一股豐滿的柔軟觸感，不禁盲目地擺動雙手。

「傻、傻瓜！別鬧了！」

「啊哈哈，小席大人，你好可愛～害羞成這樣～」

「唔……！放……放開我！」

席恩想盡辦法，好不容易逃離比平常增添了三成力道的肢體接觸。

然而就算他想快速遠離現場——

「——哦啊！」

卻踢到了地板上的某個東西，跌倒在地。

「嗯啊啊？少爺……？」

「伊布莉絲……？」

看來他的腳卡到的東西，是不知何時睡在地板上的伊布莉絲。

「……啊！我……我沒睡！我沒睡著喔！我還可以繼續喝！」

「好……好啦，我知道了啦……」

「我沒在睡，所以沒睡著，所以……就是……嗚……啊……呼嚕……」

「什……！慢著……嗚……嗚哇啊啊啊！」

儘管伊布莉絲拚命強調自己沒睡覺，說著說著身體卻開始搖晃，最後終於往席恩身上倒去，直接睡著。

他們兩個人就這樣糾纏在一起，雙雙倒在地板上。

「呃……喂！伊布莉絲！別睡！」

「啊……好舒服喔，這個抱枕……」

「我才不是抱……嗚嗚！別、別摸奇怪的地方啦！」

「嗯哦？這個軟軟的東西是什麼……？好像很好吃……」

「噫呀！別、別鬧了！不……不要舔我的耳朵，也不要咬！」

睡昏頭的伊布莉絲完全把席恩當成玩具了。被一個褐色美女糾纏，席恩完全動彈不得。

這時候——

「……妳給我適可而止。」

凪壓低了聲音，拋出這句話，同時使力拉扯伊布莉絲的腳，硬是把人從席恩身上拉開，往別處扔。

伊布莉絲狼狽地在地板上滾動，隨後便直接睡著了。

「哼，這女人還是老樣子，一點也不懂收斂。」

「……謝……謝謝妳，凪。得救——」

席恩開口道謝，卻馬上發現一股異樣感。

凪的眼睛——整個發直。

看似盯著一個點，其實根本沒有對焦，是一對空虛的眼神。

她的樣貌很明顯和平常不一樣。

「受不了……每個人都這樣，完全沒有身為女輪的去質……嗝。嗚嗚……唔咕嘟，咕嘟，咕嘟。」

凪一邊以不清不楚的口吻說著，一邊拿起手上的酒瓶，不假思索地就口灌進嘴裡。

完全是一點氣質也沒有的喝法。

「咕嘟，咕嘟……噗哈！」

凪喝完酒瓶裡的酒後，將空瓶隨意扔在一旁。

接著由上往下，筆直睥睨席恩。

被那雙和平常不同的空虛眼神盯著，席恩不禁感覺到一股無法言喻的戰慄。

「主公。」

「幹……幹嘛……？」

「……主……主……主公啊啊啊啊！」

沒有任何前兆，就這麼唐突地——凪整個人抱住席恩。雙手環繞到席恩背後，用力地抱著。

「咦？咦？什麼？」

面對這突如其來的狀況，席恩一臉莫名。

（凪……凪她抱著我……？）

被凪而不是被別人抱著，讓席恩完全藏不住心中的訝異。

他和其他三個人平常早已有著頻繁的肢體接觸，不管是被抱住還是對方主動把身體貼上來，總之已有好幾次經驗。但凪這般抱著自己，還是第一次。

凪有著堅定的貞操觀念，非必要不會主動碰觸席恩。

因此當其他三個人捉弄席恩時，率先跳出來阻止，便成了凪的任務。

這樣的她，現在卻用力抱著自己。

對席恩來說，這實在是一件新鮮事，同時也是一道衝擊。

「主公……請您……請您原諒……」

「凪……」

「啊啊，這……這就是……主公抱起來的觸感……！」

凪以感激涕零的聲調繼續說：

「……其……其實，屬下也一直很想這麼做。屬下好想把嬌小可愛的主公抱在懷裡……！屬下雖然會責罵雅爾榭拉和菲伊娜『不知羞恥』、『大不敬』……其實屬下也……很想隨心所欲對待主公……！」

「是……是喔……」

席恩完全不知該怎麼應對。凪能說出藏在自己心中的感情，他是覺得很開心，眼下卻是一個苦於應對的話題。

「嗚嗚……主公，凪……凪是個沒用的女人！雖然平常拚命擺架子，其實是個沒用的人。說什麼氣質、品格，其實凪就是一隻內在裝滿了慾望的母豬！嗚哇啊啊啊！」

這次開始放聲大哭了。

（她……她的情緒也太不穩定了……）

正當席恩跟不上凪情緒的落差，困惑到極點時——

「席恩大人，請到這裡來。」

雅爾榭拉牽著席恩的手，將他從凪身上拉走。只顧著自己激動的凪，根本沒發現席恩已經離開，持續哇哇大哭。

「您還好嗎，席恩大人？」

「噢……噢，我沒……可能不能說沒事。」

醉醺醺的女僕們做出的重度攻擊，以及充滿整間房間的酒味。

這些都讓席恩的精神逐漸逼近極限。

「沒想到喝酒會釀成這麼嚴重的後果……」

「大家很久沒喝了，所以才會忍不住這麼放縱吧。」

「……那妳沒醉嗎？」

「我不會過度沉溺酒精。為了隨時盡到女僕的本分，我喝得很節制。」

席恩頂著戒心發問，雅爾榭拉卻平淡地回答。

這讓席恩鬆了一口氣。

（該說真不愧是女僕長嗎？）

她的自制心和責任感似乎比其他三個人還強。

「席恩大人，您被迫陪她們亂鬧，一定累了吧？請喝水。」

「啊……也對。謝謝妳。」

「您是不是也流汗了？我想衣服也沾上酒味了，還是脫下來比較好。」

「也好，就這麼辦。」

「您處理不習慣的事，想必也累了吧？我已經準備好就寢的床鋪了，請一起到我的房間待到天亮……」

「嗯，好啊。就在妳的房間待到早——不不不，慢著慢著！」

脫下外套後，接著連襯衫也被褪下，正當雅爾榭拉將手伸向短褲時，席恩這才急忙吐槽。

「這是什麼走向啦！而且為什麼連妳也開始脫衣服啊？」

雅爾榭拉褪去席恩的上衣後，自己也開始熟練地解開女僕衣。此刻她已脫下一半的上衣，豐滿的乳房彷彿下一秒就會彈出來一樣。

「這個嘛，呃……因為我的身體不小心開始發燙了？」

「為什麼是疑問句……？」

「所以我認為必須快點跟席恩大人互靠身體取暖……」

「明明很燙，為什麼還要取暖？」

「……啊啊，席恩大人～我不小心喝醉了耶。」

「一瞬間就換了個隨便到不行的理由！」

席恩驚慌失措地閃避一邊脫著女僕衣，一邊逼近的雅爾榭拉。

（是我笨，剛才還佩服她！）

席恩深深後悔剛才還佩服雅爾榭拉不愧是女僕長這件事。

「啊嗯……您為什麼要跑？」

「普通人都會跑吧……雅爾榭拉，結果妳也醉了嗎？」

「呵呵呵，您說呢？其實我並沒有喝到酩酊大醉……不過我只要喝了酒，該怎麼說呢……身體就會發燙，激情的開關也會被打開喲。」

雅爾榭拉維持著衣服脫到一半的模樣，以煽情的眼神盯著席恩。不知是不是因為喝了酒，臉頰變紅的關係，她看起來比平常還要有姿色。

「其實……我的理性好像下一秒就會飛走一樣呢。」

「那不是很不妙嗎！」

席恩迅速吐槽。

要是雅爾榭拉的理性飛走……席恩隱約感覺得到，絕對不會有什麼好事。

「來吧，席恩大人……！」

「蠢……蠢材，妳給我適可而止啊！」

見雅爾榭拉開始散發出一股不尋常的妖豔氣息，席恩慌慌張張逃離。

「……真是夠了，每個人都同一副德性。」

他深深吐出一口氣。開始往莫名方向失控的女僕們，以及充滿整間房間的濃厚酒味，各種要素都慢慢侵蝕著席恩的精神。

（總覺得頭開始暈了……）

為了轉換心情，席恩伸手拿起放在桌上的玻璃杯。

然後——一飲而盡。

「……啊，席、席恩大人！」

雅爾榭拉發出慌亂的聲音：

「那是我剛才喝的蒸餾酒！」

「……什麼？嗚嗚……咕嗚……」

席恩以為是水而拿起的玻璃杯，似乎是雅爾榭拉喝過的酒。她沒想到自己摻了水，一點一點啜飲的酒，會被席恩一口氣灌下肚子。

「……嗚……嗚嗚……」

高度數的酒精灼燒喉嚨，然後流向胃部的獨特感覺，正折磨著席恩。

他原本就已經處在被酒味醺得難受的狀態。

現在竟給了自己最後一擊，攝取大量的酒精。

席恩的記憶——就在這裡中斷了。

「您……您還好嗎，席恩大人？」

雅爾榭拉急忙趕到身體搖搖晃晃的主人身邊。

儘管喝醉了，還是斟酌酒量，保持著緊急情況時採取適當行動的理性。

這都是為了在主人陷入危機時能夠及時反應。

其他三個人似乎也是如此。

「天哪，小席大人，你還好吧？」

「搞什麼？少爺怎麼啦？」

「主公似乎喝酒了。」

一察覺主人的異變，菲伊娜、伊布莉絲、凪三個人都來到席恩身邊。

「席恩大人……這該怎麼辦？總之先喝點水……」

「……我……我沒事。」

席恩以無力的的聲音回答不知如何是好的雅爾榭拉。

「我沒怎樣……」

「真……真的嗎？啊啊，太好了。」

「何止……沒問題，我甚至……」

席恩說著。

以紅透的臉龐，和滿面的笑容說著：

「非常快活啊。啊哈哈……啊哈哈哈……」

那是毫無力道，而且放蕩的笑聲。

對重視品行方正，平常老是板著一張臉的席恩來說，根本不可能會有這種笑聲。

「呵呵……啊哈哈，啊哈哈。」

「呃……請……請問……席恩大人？您……您真的不要緊嗎？」

「什麼？我沒事啊，當然沒事。我都說沒事了，就一定沒事啊。」

「可……可是……」

「嗯，這就是酒精引起的酩酊啊？原來如此，實在很有趣。身體發燙，情緒高昂，思考卻會變鈍，腦的活動會漸漸變差！啊哈哈，原來如此，所以大人們才要喝酒啊！原來是希望像這樣，變成一個笨蛋，逃離世間的苦楚啊！啊哈哈！原來如此，這就是酒精啊！真不錯！嗚哇哈哈哈哈！」

「………」

席恩晃著身子，彷彿變了一個人似的大笑，並頭頭是道地高談闊論。

雅爾榭拉已經啞口無言。

其他三個人也一樣。

她們只能以無言以對的表情，默默地守候這名情緒高昂到前所未見的少年。

「……哎呀，小席大人完全喝醉了耶。」

「畢竟主公從沒喝過酒啊。我想應該完全沒有抵抗力吧。真可憐……」

「唉……那這該怎麼辦啊？」

女僕們各個不知如何應對。

喝醉的席恩就這麼無視她們幾個人的擔憂，獨自暴走。

「唔……妳們幾個是怎樣？怎麼露出這種抗拒的眼神？」

席恩雙眼發直看著女僕們，開始找碴：

「我知道了，妳們是瞧不起我吧？」

「不，席恩大人……我們並沒有——」

「不對，妳們就是瞧不起我！絕對是這樣！妳們都給我坐好！」

席恩不顧雅爾榭拉的反駁，直接叫女僕們坐在椅子上。

「追根究柢，妳們幾個老是過分玩弄我。總是把我當成小孩子捉弄……對了，之前也是這樣……」

面對滔滔不絕開始說教的席恩，女僕們依舊一臉無語。尤其是菲伊娜和伊布莉絲，她們已經表現出露骨的厭煩了。

「……天哪，小席大人是醉了之後，就會說教的那種人？」

「……真是麻煩到極點了。我就假裝有在聽，然後睡覺吧。菲伊娜，拜託妳從後面撐著我的身體。」

「什麼！等一下，伊布莉絲，妳太詐了！」

菲伊娜反射性地大聲斥責。

「──嗯？」

卻被席恩盯上。

「嗚哇，慘了……」

「喂，菲伊娜，妳有確實聽進去嗎？」

「我……我有，有啦。」

「受不了……妳這個人就是愛胡鬧。不認真聽我說話，隨便抱我，還對我的耳朵吹氣……妳為什麼老愛捉弄我啊？」

「沒有啦……我想應該是因為你的反應很好玩吧？」

「唔……」

「呵呵，小席大人，你說了這麼多，其實也覺得很高興吧？能被我捉弄，其實你很開心吧？」

菲伊娜以平常的調調開始捉弄席恩。

如果是平常——

『蠢、蠢材！我才沒有高興！』

席恩就會激動地反駁，話題也會跟著結束。

這已經算是既定橋段了。

然而——

「……是啊。」

現在的席恩以無人料想到的反應回答：

「沒錯，妳說得很對。」

「咦？」

「我就是——很開心啦！菲伊娜，只要妳一捉弄我……儘管我明明覺得很丟臉，很不甘心……心裡卻覺得很開心啦！」

「……呃？什麼！」

席恩大聲吼出一句不得了的話語，現在換成菲伊娜滿臉通紅了。

「你……你說這什麼奇怪的話啊，小席大人……？」

「奇怪……？菲伊娜……我也是個男人喔，被妳這麼美麗的女性碰觸、擁抱……會覺得有點開心很正常吧？」

「美……美麗的女性……啊……啊哈哈。這……這樣啊，原來如此。原來小席大人會對我臉紅心跳啊？原來你有把我當成一個女人啊？」

菲伊娜死命地、死命地把持住平時的調調。但……

「對，我會對妳臉紅心跳。」

席恩卻沒有停止。

他筆直看著對方，接二連三說出光聽就讓人覺得害羞的撩妹話語：

「我當然有把妳當成一個女人啊。像妳這麼漂亮又可愛的人，怎麼可能不把妳當女人看待啊？」

「什……什……」

「妳的身材也很棒。修長的腳沒有多餘的贅肉，真的很漂亮。腰部的曲線到大腿的線條……我沒有別的意思，我覺得簡直像藝術那樣，擁有完全成形的美感。」

「不是，你等……等、等一下……」

「還有，我最喜歡妳的笑容了。妳那天真的笑容，光看就會讓我打起精神。若隱若現的虎牙也非常迷人……」

「……夠、夠了，別說了啦，小席大人……不……不行啦……你這樣直盯著我，還誇我，我會受不了……」

菲伊娜雙手遮住自己的臉，就這麼低下頭。那張從指間可稍微窺見的臉已經一片通紅，但箇中理由不同於酒精引起的紅潤。

如此直接而且連續的誇讚，似乎讓她的羞恥心來到極限了。

「席……席恩大人！」

這時雅爾榭拉開始針對席恩這一連串不像他的稱讚必殺技。

「為什麼只有菲伊娜一個人可以得到這麼多令人羨慕的讚詞……難道席恩大人您對菲伊娜有著特別的感情——」

「說這是什麼傻話！妳也很棒啊，雅爾榭拉！」

面對不安的雅爾榭拉，席恩用盡全力拋出這句話。

但他的眼神依舊無神，身體依舊搖擺不已。

唯有聲音卻是那麼真摯。

「雅爾榭拉……妳根本就不懂。不懂自己是多麼棒的女人……也不懂妳的姿色有多麼誘人……」

「呃……咦咦！」

「妳的表情、一舉一動、肉體、香味……一切的一切都是那麼有魅力，而且性感。我知道自己不能這樣，但就是很興奮……可是……」

「可……可是什麼？」

「我雖然很興奮……卻又很神奇地有種安詳的感覺。聽起來很矛盾，可是雅爾榭拉，我只要和妳在一起，就覺得興奮卻又安詳……我不太會形容，該怎麼說呢……總之就是很幸福。」

「……唔！」

「妳的美麗、高貴、堅毅……還有……就是……性……性感的部分……全都會帶給我幸福。」

「～～唔！不……不行。席恩大人……您對我說出這麼寶貴的話語，我會……」

雅爾榭拉全身癱軟，整個人倒在地板上。

儘管她沒有因為酒精酩酊大醉，卻像個黃花閨女一樣，羞怯得整張臉一片通紅。

「……這下子事情難辦了。」

「嗯……嗯。」

其餘兩個人——伊布莉絲和凪面面相覷。

「看來我們家的少爺——是醉了之後，會變得超級坦率的類型。」

「……換句話說，主公只是喝醉趁勢說出真心話。但……這……這該怎麼說呢……」

「沒錯……他的真心話實在太純潔了……根本就是一種毒藥。」

雙方都露出無言以對的表情。那是一種彷彿害羞和尷尬混雜在一起，非常複雜的表情。

席恩・塔列斯克。

原來他一喝醉——就會說出真心話。

但他的真心話並非骯髒、醜惡的話語。別說骯髒醜惡了，簡直是過度美麗而且純淨。

平常藏在頑固、傲氣，以及假裝成熟的童心中的真心話——如今因為酒精的力量，已經赤裸裸地展現出來。

「……看來我們也先做好心理建設比較妥當。」

凪咬緊牙關，首先醞釀出堅毅的態度。

這時候，席恩以無神的視線盯著她。

「凪……」

「……唔……我……我才不會輸……！我絕不會屈服於主公的讚美！」

「妳那頭黑髮真的非常美麗。」

「……討厭啦。」

「妳未免也太弱了吧！」

見凪一瞬間便被攏絡，伊布莉絲用盡全力吐槽。

「喂……喂，妳振作一點啊，凪……」

「嗚嗚，伊布莉絲……我被誇獎了。主公誇獎我的頭髮了。」

「……不過就是頭髮被誇獎而已，這有什麼好高興的啊？」

「妳……妳這個愚蠢之人！頭髮就是女人的一切吧！我的祖國甚至有句話叫做『頭髮是女人的生命』啊！頭髮被人誇獎，等同一切存在都被肯定了……換言之，主公對我的心意是……嘿嘿嘿。嘿嘿嘿～」

「……妳的酒根本還沒醒吧？」

凪露出幸福到極點的笑容，然後倒臥在地板上。

「這下不妙了……」

留到最後的伊布莉絲感受到一股恐懼帶來的壓力，試圖馬上逃離這個充滿酒氣的空間

——但她實在太慢採取行動了。

「唔……伊布莉絲，妳想去哪裡？」

在其他三個人都倒地的情況下還要逃走，舉動實在太過明顯，她因此被席恩盯上。

「呃……這個嘛，我……」

「受不了……伊布莉絲，妳這個人一天到晚偷懶，老是蹺掉工作……妳做事能不能再有點良知啊？」

「……噢，什麼嘛，太好了。我是跟平常一樣的說教——」

聽見是與平常無異的說教，伊布莉絲拍了拍胸口，鬆了口氣。但……

「可是就算妳是這種人，我還是知道妳充滿魅力。」

「——嗯咕唔！」

才暫時放下心來，馬上就慘遭伏擊。

「妳的確是愛偷懶，工作也常常敷衍了事……然而唯有真正重要的工作，妳會做得很認真。只要妳有那個意願，什麼事情妳都做得來。」

「沒有啦，那個……」

「雖然我覺得妳不看地點就隨意午睡不好……可是說實話，我不討厭看妳的睡臉。因為妳的睡臉很可愛。」

「嗯什！那……那個……請你別說我可愛啦……」

「嗯？為什麼？說可愛的東西可愛，有什麼不對嗎？」

「……等……我說了……」

「妳總是慵懶、裝壞、粗魯……可是我都知道，真正的伊布莉絲是個心地善良、坦率的女人，而且還非常可愛。」

「………真……真的請你放過我吧。」

伊布莉絲也慘遭擊墜了。她遮住臉孔，就地蹲下。

死屍遍野——

因酒精孕育而生，名為「超坦率席恩」的怪物，頃刻之間就把四名女僕收得服服貼貼。

可怕的是，怪物本人對自己有多暴虐、殺傷力有多強，完全沒有自覺。

「唔……妳們是怎樣啊……我這個主人還在說話，為什麼睡著了？我的話還沒說完耶。」

怪物心有不服地環伺周遭。

「我根本還沒說夠啊……不對，應該說不管說了多少話，都無法傳達我胸中的心意。妳們根本不知道自己是多麼有魅力的女人，也不知道我覺得妳們有多棒……」

這是一席讓人心神蕩漾的甜言蜜語。已被擊墜的女僕們因此受到追擊的折磨，痛苦不已。儘管如此，怪物還是沒有停止。

「其實我啊……只要和妳們在一起，每天都過得很快樂！而且非常幸福！其實我……最喜歡妳們了啦啊啊啊啊啊！」

當席恩吼完這句宛如靈魂的吶喊後，意識就像斷了線一樣，停止活動。他就這麼倒在地板上，發出平穩的呼吸，進入夢鄉。

「…………」

四名女僕各個一語不發，同時無言以對。她們只能因羞恥紅透了臉，就這麼趴倒在地。

原本酒味四溢的空間，此刻充滿了某種比酒精更讓人心醉的甜美事物。

隔天早上——

席恩在自己的房間醒來。

「……嗯？唔——」

「早安，席恩大人。」

見席恩從床上坐起，雅爾榭拉靠了過來。

不只她，其他三個人也在房裡。

（……嗯？總覺得腦袋不太清楚。）

雖然還不到頭痛的程度，腦袋裡卻有種異樣感，身體也有些慵懶。

「可以的話，請您先喝杯水吧。」

「啊……好。謝謝妳……」

席恩接過雅爾榭拉遞上來的水，然後一飲而盡。

「話說回來，妳們是怎麼了？四個人都在這裡……」

「我們是擔心小席大人你，所以才會過來看看情況啦。誰教你昨天就那樣睡了。」

「那樣……？」

聽了菲伊娜的話後，席恩開始思索昨晚的記憶。

然而——

（我……我想不起來……奇怪？我最後是怎麼了？）

他還記得被四個喝醉的女僕糾纏玩弄，搞得他很疲累，但之後的事情他就完全不記得了。

他的記憶在途中斷得一乾二淨。

「席恩大人，您把我喝過的酒錯當成水喝下去了……難道之後的事，您都不記得了嗎？」

「對……對啊。」

席恩點頭回答雅爾榭拉的疑問。

「我是隱隱約約記得我搞錯，喝到酒，但就沒有之後的記憶了。嗯，是那個吧……人家常說的，喝醉之後失憶，是嗎？」

「確實……是如此。」

雅爾榭拉不置可否地點了點頭。

（嗯……）

席恩一下子覺得難為情，一下子又覺得沒出息，心情非常複雜。他原以為喝醉失憶這種事，一輩子都不可能發生在自己身上。

「……我有說什麼奇怪的話嗎？」

那段空白的記憶實在令人介意，席恩因此開口詢問。

「……呃。」

沒想到四名女僕竟一齊別過臉。

她們的臉頰帶著些許紅暈，感覺非常尷尬。

「呃？咦？妳……妳們這是什麼反應……？」

「不……這是……」

「嗯……對啊……」

「沒事……嗯……」

「嗯……嗯……」

雅爾榭拉、菲伊娜、伊布莉絲、凪——她們四個人都表現出笨拙的微妙反應。複雜的神色摻雜著害羞與尷尬，嘴角也若有似無地上揚。

感覺就像拚死壓抑著忍不住傻笑的臉龐——

「妳……妳們說啊！喝醉的我到底幹了什麼好事啊？」

「不……沒什麼……」

「嗯……也不是什麼大事啦。」

「對啊……沒那麼嚴重。」

「嗯……嗯……」

見她們反覆釋出曖昧而且不上不下的反應，席恩心中的不安與混亂持續加速。

（我……我到底做了什麼啊……！）

席恩在心中吶喊著。

之後無論席恩如何拜託她們，四名女僕也絕口不提昨晚的真相。

第三章 前任勇者邂逅奴隸

Genius Hero and Maid Sister.3

羅格納王國——王都洛迪亞。

與王宮相連的騎士團本部。

兩名身著團服的男女走過整潔的走廊。

男人——是個符合眉清目秀這個詞語的美青年。

列維烏斯・貝塔・瑟蓋因。

他是名門瑟蓋因家的嫡子，也是兩年前以勇者小隊一員的身分，前往討伐魔王的其中一名英雄。

此外——

更是被塑造成——打倒魔王的勇者的男人。

女人名為布羅雅・羅斯。

她是侍奉瑟蓋因家的一名僕人，自小就負責照顧列維烏斯的起居。現在列維烏斯擔任部隊長，她則是他的副官，負責輔佐他的工作。

「嗯——維斯提亞那件事總算告一個段落了。啊——累死了。」

列維烏斯一邊高舉雙手伸懶腰，一邊發牢騷。

他在民眾面前是個既清廉潔白、又公允無私的青年——總是扮演著民眾心目中的「理想勇者」。然而當他面對布羅雅這個舊識，態度卻會變得很隨興。

「列維烏斯大人，您辛苦了。」

布羅雅見狀，恭敬地道出慰勞。

大約兩週前，地方都市維斯提亞發生了一場由前「零號研究室」掀起的恐怖攻擊事件。

這個研究機構被人稱為戰時的負面遺產。他們為了推翻國王和貴族們，謀劃了這場恐怖行動。

而他們兩人最近則是為了善後，雙雙被壓得喘不過氣來。

「這也是世界很和平的證據嗎？不管做什麼事，都要申請、許可，麻煩死了。就連結束後，也要補做一堆繁雜的手續。」

「這也無可奈何。畢竟只要走錯一步，這次引發的事件或許會變成讓一個城鎮毀滅的大事件。」

「也是啦。多虧有那個正牌的勇者小弟。」

「是啊。這是列維烏斯大人完美引導那名少年的功勞。」

面對列維烏斯自嘲的說法，布羅雅卻回以堅定的言語。這讓列維烏斯發出諷刺的笑聲，輕輕聳了聳肩。

在席恩．塔列斯克的活躍下，「零號研究室」掀起的恐怖攻擊瞬間沉寂，並獲得解決。但檯面上，解決事件的人是列維烏斯。

討伐魔王的英雄又多了一筆豐功偉業——這就是大眾的認知，對王室來說，也是個方便的事實。

為此，他們必須從各個面相偽裝合理的事實，例如捏造騎士團的紀錄和操作大眾的情報等等。這使得原本就繁瑣的後續處理，某些部分更是弄得越來越複雜。

「不管怎麼說，明天是我久違的休假。我看今晚就盡情去遊廓吧？」

「不……不可以！您要是上街，會引發一陣混亂的！請您再更有身為勇者的自覺！」

「就算是勇者，也會喝酒、玩女人吧？」

「不可以！您要喝酒的話……小的陪您喝。玩、玩女人也是……」

「嗯？」

「沒……沒什麼。」

「呵呵，好啦，知道了啦。我今晚會乖乖的。我就在房間喝酒，妳來陪我一下吧。」

「好的！我知道了。」

「不過，玩女人的服務就免了。」

「什……！您……您明明有聽見嘛！而且……免了是什麼意思啊！」

被捉弄的布羅雅滿臉通紅，列維烏斯則是開心地笑著。

他們兩人就這麼走在走廊上。當他們轉過轉角，隨即遇上一名男人。

「哦，這不是列維烏斯嗎？」

對方是個身穿團服，金髮圓臉的男人，年紀大概三十五歲左右，身材和身高都屬中等，不過有些小腹。那並非肌肉，而是用贅肉撐起來的中年體型。

他隨和地笑著，熟稔地向列維烏斯攀談：

「好久不見了。怎樣？最近好嗎？」

「好久不見，耶爾丹部隊長。嗯，我過得還算好喔。」

列維烏斯露出討喜的假面具，面露微笑地低頭致意。站在他身邊的布羅雅則是端正姿勢，深深低頭行禮。

卡密爾．巴拉．耶爾丹。

這名男人出身貴族，現在擔任騎士團的部隊長一職。

「我三不五時就會聽見你活躍的消息喔。上個月維斯提亞那件事，你不也大幹了一場嗎？」

「那只是碰巧啦。」

「喂，列維烏斯，下次你可以幫忙看看我隊上的人練習嗎？不然就憑我，根本教不出什麼像樣的東西，只會讓隊伍一直弱化。」

「啊哈哈。」

聽了中年男子這一席笑不出來的笑話，列維烏斯還是笑得不失禮數。

他剛才說的話並非謙遜或有其他用意——而是事實。

卡密爾在騎士團擔任部隊長，是個地位、權力都不算低的男人——但他並非靠著戰鬥能力或武勳獲得現在這個地位。

而是仰賴關係和政治手腕。

這個人只憑著這兩者，便攀上騎士團部隊長之位。

（……在這和平的兩年內，騎士團也慢慢改變了。）

列維烏斯在心中發出嘆息。

從前在戰時，實力比任何能力都備受重視。

說到率領部隊的隊長，戰鬥能力自然不在話下，若沒有優秀的統率能力和指導能力，根本不可能擔任。

但最近就連騎士團內部也充滿了政治色彩。

撇除實力——舉凡出身、學歷、王室的印象，這些要素變得能左右升遷。他們追求的不是強者，只要是能討上頭歡心的人，就能獲得高位。這樣的傾向已經越漸強烈。

卡密爾說白了，就是典型的這類人。

劍術和魔術都只有普通程度。

就算放寬標準，也不會比二流好。

他原本只是一個單純的士兵——但這兩年，他將自己的貴族關係運用到了極致。以大量金錢賄賂王室有權者，再用他天生擅長的話術，死命討好上頭——

多虧他做了這些努力，儘管他的實力平庸，還是爬上了部隊長這個職位。

（在這個大叔底下做事的人也真可憐。）

想當然耳，卡密爾沒有實力，只靠關係當上部隊長，在騎士團內的評價可說是糟糕透頂。

不過看本人的表現，感覺倒是不在意這件事。

「耶爾丹布隊長才是，最近大顯身手了吧？我常會聽見你的名字。」

「哇哈哈，那沒什麼，比不過你啦。」

「我記得那是——『奴隸解放運動』對吧？」

列維烏斯說道。

卡密爾一副「就等你提起」的表情，點了點頭。

「奴隸解放運動」。

那是最近在部分貴族間蓬勃發展，要求撤除奴隸制度的運動。

身在這個運動中心點的主導人，不是別人，就是卡密爾。

「是啊，沒錯。我現在當起了領頭羊，致力於貴族的意識改革。」

卡密爾用力地點頭。

明明身在騎士團當中，卻總是在政治色彩強烈的活動中打滾。他在騎士團的業務幾乎假手他人，只顧著對這種政務出力。

（是有八卦說，他的目標是當大臣啦……）

對卡密爾來說，騎士團部隊長的地位頂多只是為了出人頭地的墊腳石，所以不管招來底下的人多少厭惡，在他看來都無足輕重。

「列維烏斯，奴隸制度已經過時了。人凌虐人，使之服從的時代已經結束了。那些奴隸和我們一樣都是人。」

卡密爾得意地笑著，然後繼續闡述：

「我們貴族必須站在領導人民的地位。我們必須胸懷崇高的理想，以及高尚的志向。沒錯……正因如此，崇高的我們更不能歧視別人。我們要以慈悲的心，對待亞人和弱者，不能有任何歧視。他們也是有生命的人類，是無可取代、獨一無二的存在。」

（……嗯——這高高在上的態度總覺得很明顯耶。）

而且本人並未發現自己高高在上，是真真正正的高高在上。

與其說他對歧視制度產生疑問，更像是沉醉在提出廢除歧視制度的行為當中。

（當他說什麼心懷慈悲的時候，就已經是歧視了。）

那代表著自己站在施捨的立場。

完全不認為對方和自己地位相等。

（不過應該有很多貴族喜歡這種好聽的善行吧。）

即使列維烏斯有許多無法釋懷的地方，還是選擇不再深究。

「列維烏斯，如果你對我的活動有興趣，要不要來參加一次看看？如果是你，那我非常歡迎。和我一起四處提倡慈悲與博愛精神吧。」

「實在很抱歉，我最近積了許多工作。」

其實列維烏斯從明天開始就放假了，但他還是擺出滿臉的愧疚，低頭致歉。

「這樣啊，真是可惜。不過等你有時間，麻煩你務必賞臉。我從明天開始，有好一陣子會待在巴坦鎮。我預計會在那裡舉辦誓師大會，還要演講。」

「好的。等我有時間，一定去拜訪。」

雙方結束這個話題後，卡密爾便離開了。

「……要是有時間，您就會過去嗎？」

「怎麼可能。」

「我想也是。」

列維烏斯聳了聳肩，布羅雅則是一臉苦笑。

「不過……『奴隸解放運動』啊？又出現一個奇怪的運動了。」

「感覺應該跟瑟蓋因家無緣。」

「因為我們家沒有奴隸嘛。」

列維烏斯生長的瑟蓋因家在羅格納王國中，是名門中的名門。

在宅邸工作的人，都是身分確實的傭人。

他們不會使用奴隸。而是以相應的酬勞雇用受過正規教育，懂得禮儀規範的人。

說到這個國家會持有奴隸的人，通常都是一夜致富的富豪、低階官吏，還有中階以下的貴族。

「貴族這種生物真是看了就討厭。一恢復了和平，就搶著做一些多餘的事。」

「但我們也不能以偏概全，說他們全是惡人啊。畢竟其他國家時不時就會呼籲我國正視奴隸制度，以及歧視亞人的問題。」

布羅雅說著：

「至於耶爾丹部隊長……說實話我對他的印象不是很好，不過我認為這個活動本身並沒有錯。即使動機和理念多少有些扭曲，倘若結果能促使國家更美好……」

「難說喔。布羅雅，妳最好記住這一件事。」

列維烏斯以嚴肅的表情開口：

「沒有任何事物比富裕之人提倡的『平等』更虛假了。」

列維烏斯以極為諷刺的口吻說完，再度舉步往前。

「……唔。喂，伊布莉絲。」

宅邸的某個房間內——

席恩以不悅的低沉聲調說著——其實聲調還是很高，但這已經是他用盡全力的低嗓了。

他的視線前方，是躺在沙發上的伊布莉絲。

她正舒適地發出平穩的氣息。

「快起來。妳睡這是什麼地方啊？」

「……呼嚕。」

「我叫妳起來！」

「……嗯啊？」

席恩發出大吼後，伊布莉絲這才一臉麻煩地起身。

「少爺，你幹嘛啊？難得我睡得這麼舒服……」

「妳還問。妳老是隨便找個地方說睡就睡……難道不覺得這樣很沒出息嗎？」

「嗯……可是沒辦法啊。吃過午餐後，就是會想睡覺嘛。」

「……那就訂好一個時間，睡在自己房間的床上。這麼一來，下午的工作也會比較有效率。如果只小睡一個小時，我不會發牢騷的。」

「可是我總覺得那又不一樣了啊。為了睡覺而睡覺就不是午睡了嘛。如果是稍微休息的時候，覺得有點睏，就這樣直接睡得不省人事，那才是理想的午睡吧？」

「一堆歪理……」

席恩大大嘆了一口氣。

「受不了……妳這個人就是這個樣子。自甘墮落、偷懶魔人……如果妳想休息，先有效率地把工作做完就行了吧？把麻煩的事往後推，最後辛苦的還是妳自己，妳為什麼就是不懂這一點？」

「……啊——對對對。少爺果然就該這樣……要是像上次那樣誇我，我還真是渾身不對勁。」

「嗯？什……什麼意思？」

「沒、沒事沒事！我在自言自語。」

儘管慘遭說教，伊布莉絲卻一臉滿足。

「總之，妳給我回去工作。要是我默許妳偷懶，在其他人面前就沒辦法樹立規矩了。」

「是是是，我知道了。」

「……對了，雅爾榭拉她人呢？」

雅爾榭拉身為女僕長，會這麼長時間放任伊布莉絲午睡，可說是很稀奇。

如果是平常，不用席恩出面勸戒，雅爾榭拉就會把人打醒，逼她工作了。

「啊——她好像說她要出門一下。」

「出門？去哪裡？」

「她說要去見莉莉伊拉。」

「莉莉伊拉……？」

「……哎呀？我可以說出這件事嗎？她好像有叫我別說……」

伊布莉絲這個懊惱顯得有點遲

莉莉伊拉。

她是前一陣子出現在這附近的魅魔。

那個人讓人不知該如何形容，光提起就覺得很忌諱……總之，是個完全體現魅魔這個名詞的魅魔。

她和同樣身為魅魔的雅爾榭拉是舊識。

當時席恩認為她有危害人類的可能，於是將她捉住。但事後馬上發現她只是代罪羔羊，也就放了她。

「沒想到她還在這附近啊。我還以為她已經跑到很遠的地方去了。」

「……這就代表莉莉伊拉那傢伙到頭來根本無處可去吧？」

伊布莉絲以自暴自棄的口吻說著。

她的眼裡閃爍著寂寥的色彩。

「其實我也不是很清楚。不過聽說魅魔一族在魔界的地位也跌到很低的位置了。」

「………」

住在魔界，只有女性的高階魔族——魅魔。

她們過去支配著許多種族，跨入魔王軍門後，也確立了穩固的地位——但現在，她們的勢力走向了衰退一途。

這是當然的。

因為重要的雅爾榭拉──

負責帶領魅魔，並產下下一代魅魔的「大淫婦」──

已經離開她們了。

魅魔沒了女王，如今只是一個等待滅亡的種族──

「雖然莉莉伊拉離開族人，隨興地過活……就算這樣，也不代表她有個安定的居所啊。」

「…………」

「雅爾榭拉和她一樣，從魔界逃了出來，所以或許只有雅爾榭拉才是能讓她敞開心房的同族吧。雅爾榭拉也有自己的考量……畢竟她的立場很複雜。」

「……我不打算插嘴。不過原來雅爾榭拉也很在意其他魅魔的狀況啊。」

席恩回想起──

前一陣子放走抓回來的莉莉伊拉時──雅爾榭拉親自為她送行。

（或許她們有很多話想說吧。）

她們之間可能會有不能在這幢宅邸談論的話題。

雅爾榭拉捨棄「大淫婦」的地位和職責，決定作為席恩的女僕，在這幢宅邸生活。

事到如今，她也沒有回去魔界的打算──儘管如此，面對被自己拋棄的同胞，想必她不可能無動於衷。

「魅魔她們可能事到如今才開始後悔當初把雅爾榭拉趕走吧。看不慣背叛魔王的『四天女王』或許是理所當然，可是說到底，魅魔這個種族依舊不能沒有女王。」

伊布莉絲說著。

兩年前——魔王和勇者頂峰決戰時。

本該是魔王親信的「四天女王」在最後關頭背叛了魔王，投靠勇者。

說得極端一點。

她們四個人的反叛，正是促成戰敗的主因。

後來她們被究責，被整個魔界追殺。魔王軍的餘黨義憤填膺地抨擊她們，有時性命受到威脅，有時被逼著自盡。

雅爾榭拉同樣受到同胞強烈的斥責，被逼到了絕境。

無法原諒背叛了自己的女王，因而迫害女王的族人們——她們現在是怎麼看待被自己掃地出門的女王呢？

「哎，但我是不太了解這種關係啦。什麼族人、家人的。」

伊布莉絲自嘲地說著。

「……是啊。我也不太了解。」

席恩曖昧地點頭。

住在這幢宅邸的人們——都是一群和血親、族人牽絆無緣的人。

席恩是個孤兒，根本沒見過雙親的臉孔。

菲伊娜經由特殊儀式獲得生命，一出生就是孤零零一個人。

凪因為族人政變失敗，全族慘遭滅門。

伊布莉絲出生的故鄉，是位於大陸北部的精靈村里——但那裡已經毀滅。

五人中有四個人沒有血親、族人。

但是——

（……只有雅爾榭拉一個人，雖說斷絕了關係，還是存在著許多同胞。）

正因如此，她和莉莉伊拉接觸，或許有些層面會顧慮到其他人。

她可能會因為只有自己擁有和過去有關的人事物，心生愧疚。

（人心真難……）

席恩覺得這並不是一個可以隨便叫人別介意的問題。既然雅爾榭拉不想讓他們知道，也許裝作不知道比較好。

正當席恩思考著這些事時——

「……嗯……」

「怎麼啦，少爺？」

「有訪客。」

席恩張設在宅邸周邊森林裡的結界有了入侵者的反應。

「是喔，真稀奇。是誰啊？要我去解決掉嗎？擊退入侵者也是女僕的工作嘛。」

「妳就只會得意忘形……妳只是想蹺掉其他工作吧？」

席恩嘆了一口氣候，繼續說：

「不必擊退對方。看樣子——他真的是訪客。」

張設在森林裡的結界，具有讓不會魔術的普通人迷路的效果。

沒注意到結界存在的人，不管在森林裡走了多久，都不可能抵達宅邸。

簡單來說，這是為了保護周遭的人不被席恩的能量掠奪所害。若是什麼都不知道的人誤闖森林，方向感便會失常，然後馬上走出森林。

但反過來說——

如果是知道這幢宅邸存在於此而前來拜訪的人，便會不斷進出森林。

這次的訪客——似乎就是這一種人。

（……對方沒有魔力波長，武器也只帶著護身用的刀子。）

只要席恩集中精神，就能在某種程度知曉結界內部的狀況。

現在在森林入口處，有個體格豐潤的男人就坐在一輛附有貨廂的馬車上。

「從他的模樣和裝備來看，應該是商人吧。」

「商人？為什麼商人會跑來這裡？」

「不知道。」

商人特地跑來這裡賣東西，這種事以前從未發生過。

（為什麼要來這個宅邸……唉，算了。）

席恩解除部分結界，決定讓訪客進入宅邸。

反正從對方的裝備和打扮來判斷，應該沒有危險性。而且席恩也好奇對方特地造訪這幢宅邸的理由。

「伊布莉絲，對方是久違的訪客。要慎重地招待。」

「咦耶？為什麼要我招待？」

「因為妳看起來最閒。」

「……唉，知道了啦。反正一定是強迫推銷的人，隨便款待就行了吧？」

「不要因為對方的身分，改變自己的態度，這樣太沒格調了。既然是我的女僕，不管對方是誰，都要真誠以待——」

席恩開始一如往常的說教，途中他的表情卻突然扭曲。

他的眼眸浮現的情緒，是驚愕和迷惘。

因為他感應到在森林裡行進的馬車——藏於貨廂裡的東西。

「伊……伊布莉絲，我看還是……」

「咦？」

「……不，沒事。麻煩妳準備接待訪客。」

在片刻的掙扎後，席恩吞下就快脫口而出的言語。

前來拜訪的男客人果然是一名商人，他自稱多姆魯。

「唔呵呵。哦哦，這是高級紅茶吧。那我就不客氣了。哦哦，這個餅乾也是絕品。好吃好吃。」

他是個矮小臃腫的男人。

一坐在沙發上，整個人看起來就像一顆球。

他的頸項和臉部一帶有著很顯眼的贅肉，嘴裡滿溢著不要臉的笑聲。就算是客套話，也絕對說不出他容貌良好。不過蓄著濃密鬍子的嘴角，倒是有著符合商人的笑容，稍稍緩和了他難看的面貌。

「不過……真是令我驚訝。沒想到這幢宅邸竟然易主了。我這麼孤陋寡聞，真是非常抱歉。」

多姆魯喝光紅茶後，看著坐在對面的席恩說道。他的口吻和態度跟他給人的印象不同，非常地謙遜。

以商人而言，這或許是理所當然的事吧。

「難道您是赫諾卿的公子？」

「不，我和你說的人沒有關係。也沒見過面。」

赫諾卿是席恩他們居住的這幢宅邸原本的主人。席恩從留在書庫裡的文件等物，只能得知宅邸主人的名字。

「發生了很多事情，所以這幢宅邸最後是我接手了。」

其實席恩他們只是擅自改裝這幢被棄置在這裡、形同廢墟的房子，然後擅自住下來而已。但特地說明實在太過麻煩，他也就隨便敷衍過去了。

「這樣啊。不過我們商會和赫諾卿有生意上的往來，也已經是三十年前的事了。」

看來多姆魯是看了留在商會的紀錄，才會知曉這幢宅邸的存在。

赫諾卿這位原本的主人，似乎在三十年前和多姆魯所屬的商會做過生意。

「呃……恕我失禮了，請問怎麼稱呼您？」

「我是席・塔克斯。」

席恩隨便捏造了個假名。

既然他現在過著隱居生活，還是小心駛得萬年船。

「那麼我可以叫您塔克斯卿嗎？」

「隨你高興怎麼叫。要直接叫我的名字也無妨。」

「不不不，那可不行。」

多姆魯驚慌失措地揮著手。

「……唔呵呵。哎呀哎呀，您可真是厲害呢，塔克斯卿。這麼年輕就主宰一國一城，我想您一定生在家世顯赫的家族吧？」

「你說呢？」

面對這麼明顯的客套話，席恩只是隨便回應了一句。

看樣子對方是把席恩當成客人了。只要能把商品賣掉，他大概不會管對方的身分吧。

只要對方看起來有錢，是誰都無所謂。

「這真的是一幢氣派的屋子。精心打理過的庭院、宅邸的裝潢、有品味的家具……我能從這些東西當中感受到塔克斯卿的高貴和品格。」

「宅邸之所以受到精心打理，是因為女僕們很優秀。」

「但這也是因為塔克斯卿人望很好吧。正所謂主人優秀，僕人們才會勤奮工作。」

「…………」

「哎呀哎呀，塔克斯卿真是一位謙遜之人。如此年輕，卻非常優秀。我多姆魯實在佩服。」

「……客套話差不多可以免了。」

席恩在有些厭煩的同時說道：

「可以麻煩你進入主題嗎？」

「哦哦，這樣啊。唔呵，我明白了。唔呵唔呵。」

多姆魯發出厚顏無恥的笑聲，同時將視線橫移。

他的視線前方——站著兩名少女。

她們沒有坐在沙發上，只是默默站著。

「這就是敝商會目前首推的商品。」

多姆魯說著。

他雖是個商人——卻是奴隸商人。

「…………」

席恩不發一語，移動視線看向少女們。儘管胸口不斷湧出一股近似厭惡的感情，他仍舊拚死壓抑，讓自己面無表情。

那是兩名有些消瘦的少女。

髮色是金髮，露出髮絲之間的耳朵又長又尖。

一眼就能看出來。

她們兩個人——是精靈。

「唔呵呵！如何啊，塔克斯卿？我這裡有兩隻精靈奴隸！怎麼樣？很美吧？」

多姆魯一邊以尖銳的聲音笑著，一邊站起，然後故作親暱地伸手勾著兩名少女的肩膀。

少女們沒有反應。

她們以感情已死去的眼神，看著空氣。

感覺像是被人調教成這樣——

套在她們纖細頸項上的東西，是牢固又粗糙的項圈。

那是證明她們的確是奴隸的項圈。項圈以特殊的魔術精製而成，具有將戴上的人的魔力壓制到極限的效果。

在羅格納王國內，亞人要戴上這種項圈，將身分貶至奴隸，才能獲准擁有居所。

沒有項圈的亞人，就算當場被殺也不能有怨言。

（……伊布莉絲。）

席恩斜眼一瞥站在旁邊的伊布莉絲。

她沒有任何異常的舉動。

只是挺直了身子，有模有樣地站著。就連多姆魯喝完了杯中紅茶，她也會立刻拿起茶壺幫忙續杯。

對一個款待訪客的女僕來說，她的態度無可挑剔。

正因如此——席恩才更清楚。

看她比平常更一絲不苟的站姿，席恩就是不禁萌生一股異樣感。

那簡直——

就像拚死不被別人看穿她內心的動搖，演出謹小慎微的態度——

（我果然應該讓其他人代替她接客嗎？）

多姆魯一路拉過來的馬車貨廂。

當席恩感應到裡面載著精靈奴隸時，他猶豫了。

「四天女王」的其中一人。

「闇森精」——伊布莉絲。

她和精靈一族有著匪淺的因緣。

因此席恩原本想，還是別讓他們見面會比較好——但他總覺得這種體貼方式，又顯得失禮。

結果伊布莉絲就這樣見到精靈奴隸了。這樣究竟好不好呢——

儘管席恩內心煩惱不已，多姆魯卻絲毫沒有感受到他的掙扎，逕自繼續解說商品：

「我想你也知道，精靈奴隸現在非常珍貴喔，因為他們的村里已經滅亡，數量有限。而且活下來的精靈也在慢慢減少當中。如何？要不要趁這次機會，買個幾隻？」

多姆魯一臉得意地說著：

「這兩隻是我們商會當中尤其優良的商品，擺著欣賞完全無可挑剔吧？我們還教導了一定程度的人語和文字，要當成勞力活用也沒問題喔。」

他接著繼續說道：

「噢，如果你喜歡再幼齒一點的，我也可以再拿別隻過來喔。貨廂上還有其他庫存。」

不只如此——

「對了，我給你一個專屬的特別服務吧。現在買的話，我可以優惠喔。只要你買下這兩隻，我再送一隻——」

砰！

一道用力捶打桌子的聲音響徹室內。

捶桌的人——是席恩。

「……塔……塔克斯卿？」

「噢，抱歉。好像有蟲子。」

席恩若無其事地吐出這句話。他並不是——一時情緒激動。

他只是想讓對方閉嘴。

他只是不想再讓伊布莉絲聽見任何一句把精靈當作物品的言語。

「叫什麼名字？」

「……咦？」

「我是問她們叫什麼名字？」

「噢……我姑且是稱呼短髮的叫作亞兒，長髮的叫奧兒。」

他的臉上彷彿寫著「買下來再決定奴隸的名字不就好了？」的不解情緒。

「這樣啊。」

席恩重新看向她們兩人。

「我看亞兒和奧兒——好像不是純粹的精靈。」

席恩一點出這個問題，多姆魯的身子便緊繃地抖動了一下。

「不……沒有這回事，她們……」

「純血精靈會有一頭醒目的金髮，和深邃的湛藍色眼瞳。但她們眼睛的顏色完全不對，亞兒偏向綠色，奧兒更是紅褐色。髮色要說金色的確是金色，卻還是摻了點紅色。」

席恩平淡地繼續說：

「我猜她們應該是所謂的混血精靈吧？」

「……你……你真是見多識廣。當……當然了，就算你沒提，我也打算接下來要說明喔。絕對沒有誆騙你的想法……」

多姆魯結結巴巴地找藉口。

混血精靈。

簡單地說，就是精靈和其他種族混合的結果。

精靈們是一種極為封閉的種族，他們住在森林深處，完全不會和其他種族交流。因為他們生態如此，過去極少出現混有他族血脈的混血精靈——然而……

精靈村里毀滅，生還的精靈四散，使得大陸各地都能看見他們的身影。

接下來這些事更是讓人不忍知曉……席恩曾經聽過，某個地方的某個貴族買下純血精靈當奴隸，然後不斷讓她生下混血精靈，再把那些混血精靈當成奴隸大量出售。

「其實我也不是很清楚……我只是聽說根據奴隸的行情，純血精靈和混血精靈的價錢差了非常多。」

「是……是啊。大概……差了五倍、十倍吧。」

多姆魯有口難言地闡述。

（……原來如此。也就是說——他是來清倉的。）

席恩感覺到自己的心越來越涼。

奴隸這種存在，供他們吃住也需要花錢。

囤積得越多，商會的財政就越是受到壓迫。

雖說精靈的村里消滅之後，純血精靈的稀有價值提高，市價也水漲船高。但另一方面，混血精靈的數量增加，價格也相對下跌。

賣不出去的奴隸對商人來說，只有百害而無一利。

所以他才會順著三十年前的因緣，上門來推銷吧。

想盡一切辦法，都是為了清倉。

「……唔呵呵，我這樣聽起來或許會像抱怨。不過現在混血精靈奴隸實在是賣不出去的商品。」

多姆魯那不要臉的笑聲中，夾雜著一絲悲痛，繼續往下說。

或許是因為混血精靈被看穿，這回他似乎改採取煽動同情心的策略。

「他們的市價原本就因為數量太多慘跌了。最近這個國家的貴族們又多管閒事……」

「你是說『奴隸解放運動』嗎？」

「沒錯！就是這個！」

多姆魯用力點著頭，將不滿傾洩而出。

關於「奴隸解放運動」，席恩也透過報紙得知了消息。

以騎士團部隊長——卡密爾為中心，貴族們正在要求王國廢除奴隸制度。

「真是的……貴族們的心血來潮真是找人麻煩。多虧他們，我們商會全停擺了。畢竟從前奉為上賓的貴族和富豪，都互相說好不再買奴隸了。」

這很正常。

參與活動的貴族們不可能再添購新的奴隸。而且一旦活動影響範圍擴大，就能在其他人之間製造難以購買的氣氛。

因此現在的奴隸市場，正因為貴族的心血來潮，受到巨大的衝擊。

「現在奴隸商人遇上了前所未有的大危機，所以我才會透過這點淡薄的關係，跑來這裡販賣商品。」

「原來如此。原委我都清楚了。看來你很辛苦。」

「是啊。所以塔克斯卿……就請你幫幫忙吧。」

多姆魯說完，深深低頭懇求。他看起來很認真、很真摯。如果這是博人同情的演技，那實在是很精湛。

「抱歉了——我沒有購買奴隸的興趣。」

但席恩斬釘截鐵地拋出這句話。

然後舉手伸向出口。

「你請回吧。」

多姆魯帶著精靈奴隸離開後，待客間——

「……伊布莉絲。」

「少爺，請你不要露出這麼難看的表情啦。」

伊布莉絲一邊收拾訪客用的茶杯，一邊平淡地說著。

「我看你好像莫名顧慮我，但我一點也沒有放在心上。」

「…………」

伊布莉絲似乎是看穿席恩逕自體貼她的行徑了。之所以會被看穿，大概是因為席恩察覺貨廂上的東西是精靈奴隸後，在判斷游移不定之際，採取了曖昧的態度吧。

（……我真是沒用。）

陷入迷惘而採取不完整的行動，這讓席恩感到非常愧疚。

「她們與我無關。」

伊布莉絲說道。

感覺就像是說給自己聽。

「其實……我早就聽過風聲。我知道村里消滅之後，生還的精靈分散各地，都遇到什麼樣的慘事，也知道他們的孩子大多數都成了奴隸……」

「…………」

「可是——就算這樣又如何？就立場來說，我已經和精靈無關了。反過來說，被我當成同伴對待，他們一定也覺得很煩吧。」

「…………」

「不過若說我沒有罪惡感，那是騙人的。」

伊布莉絲傾出一絲自虐的語氣，最後說道：

「畢竟摧毀精靈村里的不是別人——就是我啊。」

席恩——一句話也說不出口。

那是距今將近百年前的事了。

精靈村里——遭到毀滅。

毀滅得體無完膚。

統治村里的當權者全數死亡，只有一小部分生還者逃出來，四散在大陸各地苟延殘喘。

群木茂密生長的偌大森林化為終年暴風雪的極寒凍土。

毀滅的原因並非天災，也不是被其他種族侵略。

而是一個人。

只有一個人。

她單槍匹馬。

降生村里的「闇森精」——一個被蔑稱為「禁忌之子」的孩子，將村里的一切全數凍結了。

第四章

前任勇者與闇森精

那裡——是大陸的某處。

不對，或許不是。這裡或許不是大陸，而是一個越過海洋，與大陸完全不同的場所。

在一座高聳的山上——不對，也有可能是非常、非常深邃的海底；又或者是在雲層之上。

抑或根本就在魔界。

在超越次元的其他世界也說不定。

到頭來——其實不管哪裡都無所謂。

對「他」來說，自己身處何處，都只是一種無關緊要的概念。

「……呵呵，故事總算往前了一點。」

他的嘴角勾出一抹微笑，開口這麼說著。

那是個一頭白髮，有著穩重面容的少年。

他的外表隨處可見，並沒有任何引人注目的特徵。

「妳也來看看吧，愛特娜。看看妳的繼承人這次會有什麼活躍表現。」

須臾之間——

就在少年對著空無一物的空氣說話的瞬間，一道人影隨之浮現，彷彿一開始就存在於那裡一樣。

那是個面容一絲不苟的女人。

有著一頭金色飄逸的長髮，身上掛著白銀鎧甲。

看上去是個散發勇猛氣質的美女——但唯有那雙眼睛，眼神已經死去。

一雙沒有留下絲毫生氣的空虛眼眸。

「繼承人嗎……你話說得可真好聽。」

女人淡淡地說著。

「可是我沒說錯吧？他現在——就走在愛特娜妳的軌跡之上。」

「拜託別用那個名字叫我。那是很久以前就捨棄的名字。」

女人面無表情，卻有些厭惡地告知。

「你說得對。妳捨棄了人類的名字，成為『魔王』，直到最後，都沒用過『魔王』以外的稱號。」

「…………」

「就算只有一點點，妳是否還眷戀著『勇者愛特娜』這個稱號呢？儘管墮入魔道，還是不想玷汙過去的榮耀？呵呵，沒想到妳也有這麼像人類的地方。」

面對少年瞭如指掌的語氣，女人只是忽視。

她的名字是——愛特娜。

過去人們稱她為「勇者」，是討伐魔王、拯救世界的女人——同時也是後來變成魔王，企圖毀滅世界的女人。

既是勇者，也是魔王的女人。

而討伐化為魔王的她的——正是名為席恩．塔列斯克的少年。

「說來諷刺，以我個人來說，我倒覺得妳變成『魔王』之後，行動變得更像人類了。還是人類時的妳，心如止水，面無表情，有種超越常人的感覺。對『四天女王』而言——」

「……你夠了。」

愛特娜厭煩地開口：

「如果你叫我出來，是為了這種沒意義的談話，拜託你饒了我吧，諾因。」

「嗯？諾因？」

「你對席恩．塔列斯克是這麼自報姓名的吧？」

「噢，對耶，妳不說我都忘了，忘得一乾二淨。我的確要他叫我諾因。」

「你少忘記自己做過的惡作劇。」

愛特娜面無表情地說著。而諾因——卻是一臉愉悅。

「我想想……我們剛剛說到別為了沒意義的談話叫妳出來是吧？呵呵，妳就陪我嘛。我偶爾也會想找個人聊天啊，自言自語總是會膩的。」

「為了這點小事就召喚死者，你真是個自私的傢伙。」

說完這句毫無感情的言語後——

「所以呢？」

愛特娜繼續說道：

「席恩·塔列斯克——進展到哪了？」

「才一個。」

「這樣啊。進度可真慢。像他這麼聰明，差不多也該發現了——殺死魔王而染上的能量掠奪……可以藉著吸收聖劍獲得改善。」

「他應該不是沒發現。只是……他實在是人太好了。沒有不惜攪亂國家，也要收集聖劍的打算。」

「哦。」

「妳當時拿到了幾把聖劍？」

「七把。」

愛特娜說著。

然而明明開口問了，諾因卻沒什麼興趣地點頭回應：

「噢，是喔。算是收集了不少嘛。」

「我在你的煽風點火之下，開始收集聖劍。等到我拿到第七把時——」

「啊啊，原來如此。大概也是在那個時候，妳就對世界絕望，變成魔王了。」

「別說得事不關己。那不就是你的計畫嗎？」

「抱歉啦。誰教我對已經結束的故事不感興趣。」

諾因笑著說道，一點歉意也沒有。

「不過……這可傷腦筋了，我沒想到他居然對收集聖劍這件事消極成這樣。虧我還很高興，覺得他是個比想像中聰明的少年呢……沒想到他的溫柔大大凌駕了聰慧。我猜，如果只憑一己之私收集聖劍，八成會讓他產生罪惡感吧。」

「嗯？那還真是出乎意料。比起解除詛咒，他更想選擇世界的安寧嗎？這樣何止是溫柔……根本是自我懲罰了。」

無法掌控的能量掠奪。

光是存在於此，就會吞噬周遭生命的怪物。

被全世界的人疏遠、輕視、迫害，同時被迫接受永遠的孤獨。

在這樣的地獄之中，倘若看見身體能恢復原狀的光明——

就算那是必須不擇手段的光明——也一定會巴著不放吧。

「哎，畢竟他和妳所處的狀況不太一樣。和身在真正的孤獨中的妳不同，縱使受到詛咒，他現在仍然有同伴互相照顧，活得意外快活。」

「……………」

「不過……詛咒是嗎？呵呵，以前的妳確實也說過這種話。把自己的症狀稱作『詛咒』，刻在右手上的紋章則是『咒印』。」

諾因備感滑稽而失笑。

「我覺得人類實在很有趣。對自己好的東西就是『神聖』，不好的東西就是『詛咒』，到底有多自我中心啊？到底有多以為神明是以人類為主而活的啊？」

諾因不斷呵呵笑道。

讓人不禁懷疑有什麼好笑地獨自笑著。

等到他笑夠了之後——

「好了。」

他重新調整心情。

「反正不管怎麼說，再這樣下去就不妙了。即使我的標準再寬——這種進度還是太慢了。」

「你又要出手干涉了嗎？」

「是啊。幫他打一針催化劑好了。」

諾因微微瞇起眼睛。

那雙眼眸當中，有著非人的怪異光芒。

「自遠古時代反覆至今的『勇者』與『魔王』的故事……可不能斷在這個地方。」

就讓我稍微幫忙施點力吧。

就這樣。

諾因說完——

往某個不知名的方向開始移動。

精靈。

他們是住在大陸北方的森林民族。

住在能夠阻斷外敵的深邃森林，使他們鮮少跟其他種族產生交流。

會出現在人類村里的精靈，頂多只有違背村里的戒律而被放逐的精靈。像那種被放逐的精靈，通常馬上就會被人類抓住。純血精靈非常稀有，他們能當作觀賞用奴隸，以高價賣出。

精靈如果落單，就沒有多大的能耐——但在悠久的歷史當中，他們卻不曾遭到其他種族侵犯。

因為——

只要在森林裡，精靈就是最強的種族。

他們生在森林，受到森林喜愛——因此具有操縱林中植物的能力。

包圍在精靈村里周邊的森林本身就是一座堅固的城池，同時也是凶惡的攻擊手段。盯上村里而踏入森林的侵略者，都會被森林抓住、被吞噬，無一倖免。就連住在魔界的高階魔族，也不會靠近精靈的村里。

他們不會掠奪他人；相對的，也徹底拒絕他人的掠奪。

生活的一切都在森林當中開始與結束。

精靈這個種族就是這麼封閉的民族。

圈在攻防一體的森林當中，不必畏懼外來的威脅——然而……

對他們而言，威脅反倒是從內部產生的。

「闇森精」。

那是數百年一次，會在精靈之間突然降生的變異存在。

相較於金髮雪白膚色的精靈，「闇森精」的特徵是與生俱來的褐色肌膚，以及灰白色的頭髮。

「闇森精」──與生俱來就擁有操縱冷空氣的魔力。

他擁有奪取生物的體溫、凍結大氣、終止所有扎根大地的生物生命──對與森林共存的精靈而言，「闇森精」的力量是「殺死森林的力量」，受到恐懼、忌諱。

因此──

「闇森精」被稱為「禁忌之子」，按照習俗，一生下來就必須馬上殺死。

要在嬰孩尚未開眼時，保持無名無姓的狀態，用烈火燒個精光。只有將孩子的一切化為灰，毀滅一族的惡魔才算死絕，族人也能受到淨化。

精靈們──如此堅信著。

這就是村里的戒律，也是常識。

一切都是為了守護森林，為了一族存續，極其正常的習慣。

他們全都出生在這樣封閉的環境，以及這樣的陋習中。

然而──

距今大約百年前——

有個女人生下「闇森精」女兒，卻瞞著周遭不說。

這孩子原本一出生就註定要被殺死——女人卻死命藏著她，企圖保護這個為了被殺而降生的孩子。

大概是深深的母愛促使她這麼做的吧。

可是到頭來——

幾年之後，精靈便發現了她的女兒。

母親打破村里的戒律而遭到處刑。至於女兒則仿效過去的歷史，要以淨化之炎焚燒。

村里深處的祭壇——

女兒和嬰孩不同，已經成長到能自己走路，於是他們將她的手腳綁住，關進一個狹小的木箱。

就這樣——神聖的儀式開始了。

以長老和祭司們為中心，村中許多精靈聚集在場。他們臉上完全不見一絲罪惡感，有的只有安心的神色。

感覺就像能趁著偷偷住在村裡的惡魔鬧事之前處分掉，真是鬆了一口氣那樣——

當祭祀的祝禱詞詠唱完畢，他們便一把火點燃放在木箱周遭的柴薪。

火舌一口氣延燒，裝著女孩的木箱轉眼間就被業火包圍。

過沒多久——裡頭傳出尖叫。

那是年幼女孩彷彿被千刀萬剮的尖叫。

既是慘叫，也是求饒，更是懇求。

女孩一邊體驗自己的身體被業火焚燒那種宛如地獄的痛苦，一邊不斷叫著。她不斷請求幫助，不斷謝罪。

但所有精靈當中，沒有人回應女孩的叫喊。

火焰就這麼持續燃燒。

若是嬰孩，燒個幾分鐘就會徹底死亡，女孩——卻不幸長大了。別說肉體，縈繞著冰冷空氣的「闇森精」魔力也隨著肉體成長增強。

因此女孩獲得勉強對抗火焰的能力。她死不了，也不會暈死，全身就這麼持續受到業火灼燒。

精靈們為了完成儀式，不斷補充柴薪，以求火焰不會熄滅。

就這樣——

過了三天三夜。

儀式——總算落幕。

照理來說，除非「闇森精」死亡，否則儀式不會結束。

這次的結束，卻以意想不到的形式造訪。

而且結束的不只儀式。

有冷風。

陣陣彷彿靈魂深處已寒涼的懾人冷風從木箱當中竄出。

當木箱從內側爆開——有個全身皮膚都被燒傷的女孩現出身形。女孩的樣子讓人看了揪心。她就這麼對著天際吼叫。

用那副已經燒毀的喉嚨，發出不成聲的吼叫。

她的叫聲像是咆哮，同時也像慟哭。

她的眼裡流出漆黑的眼淚，看起來就像黑炭溶入淚水當中。

剎那間——

暴風雪以女孩為中心向上翻騰。

夾帶著極寒之冷風的狂風不停吹拂，圍在周遭的精靈們轉瞬就被冰凍，下一秒隨即化為冰塵消失。

即使如此，風雪仍舊沒有消停。

狂風的範圍越來越大，別說村莊了，甚至覆蓋住整座森林。

連魔族都不會靠近的深邃樹海——就在頃刻之間化為眾生命都喪失了的永凍土。
所有的一切都化為冰塵，成為一片雪白的世界——
女孩只是獨自一人流著黑色的淚水。

就這樣——精靈的村里滅亡。
「闇森精」會殺死森林。
結果正如傳說所言，諷刺地、殘酷地成真。
精靈的村里就這麼毀在一名少女的手上。
照理來說，「闇森精」會在無名之時走入鬼籍。被母親藏起的她，卻有母親賜予的名字。
少女名為——伊布莉絲。
「………」
現在是深夜。
伊布莉絲趁著其他人安睡時，一個人展開行動。
她整理好裝備，悄無聲息地從自己的房間往玄關移動。就在她將手放在門上，準備離開宅邸——之際。

「——妳想去哪？」

有聲音。

一道已經聽慣的聲音自黑暗中傳出。

「……少爺。」

伊布莉絲無力地呢喃。倚著樑柱站立的席恩緩緩往她面前走去。

「少爺怎麼會在這裡？」

「這是我要問的。」

「…………」

「妳想去哪裡？」

「……啊——真是的。」

伊布莉絲發出怨嘆，仰頭並伸手蓋住臉龐。

「你看穿了我的想法，然後埋伏在這裡嗎？少爺的洞察力真的是好到讓人討厭。」

「…………」

「唉——我真是遜斃了……要帥耍成那樣，結果根本全被看穿了。」

「……妳想……」

席恩說道：

「妳想去幫那些——變成奴隸的精靈們嗎？」

「……是啊。你說對了。」

伊布莉絲狀似投降地回答道。

席恩聽了，稍微瞇起眼睛。

「奴隸——在這個國家是合法的。雖然現在正在推行奇怪的運動，但在現在這個時間點，擁有奴隸、買賣奴隸都沒有罪。」

「…………」

「相反的，擅自幫助所屬他人的奴隸逃跑，會構成和強盜、竊盜同等的罪名。」

「……這點小事我都知道。」

「——妳不是說『和我無關』嗎？」

席恩說著：

「這是妳自己說的話吧？妳說事到如今，妳和精靈已經沒有瓜葛，也無意擺夥伴的架子。」

「…………沒錯，少爺說得都對，我們是毫無瓜葛。事到如今，不管生還的精靈還有他們的孩子落到什麼下場，都跟我無關。跟我無關……我一直……是這麼想的。我一直……逼自己這麼想……」

伊布莉絲的聲音和表情增添了些許悲痛。

「可是像今天這樣……親眼看見被當成物品對待的混血精靈……我就覺得好像被迫重新體認到世上還是有很多被我害得沒了親人，又無家可歸的精靈……」

「伊布莉絲……」

「……哈。你也覺得我事到如今到底有什麼臉這麼想對吧？明明消滅了村里的不是別人，就是我啊。」

伊布莉絲這聲諷刺笑得著實讓人心痛。

感覺就像用盡了辦法，要將悲痛一笑置之。

「……伊布莉絲，我稍微知道妳的過去。封閉的民族特有的荒唐風俗才是萬惡根源，妳所做的事——」

「啊……沒關係啦，不用開導我。」

伊布莉絲蓋過席恩的話，繼續開口：

「其實——我沒有後悔。雖然如果說我沒有罪惡感，那肯定是騙人的……可是倘若時間倒流，無論做幾次選擇，我一定會重複做出一樣的事。」

伊布莉絲的眼眸慢慢黯淡無光。

那是連悲傷和憤怒都能覆蓋的深邃黑暗。

「殺了我的母親，甚至還想殺我的傢伙，都是死有餘辜的邪魔歪道。沒發現自己是邪魔歪道的傢伙，是最惡質的……毀了那種噁心的村里，我一點也不後悔。」

然而──伊布莉絲接著說。

那雙暗淡的眼眸，浮現了一絲迷惘和掙扎。

「……村裡也有什麼都不知道的精靈……他們……還有他們的孩子，被滅村之後，沒了居所，然後淪為奴隸……一想到這件事，我就坐立難安。」

「…………」

「我知道我說這些都只想到自己。事到如今，我也沒想過要求得他們的原諒，更不覺得我該贖罪。我現在只是在自我滿足，這件事我清楚到令人生厭。可是……既然看到了，既然他們在我伸手可及的範圍，那我想做點什麼。我忍不住……有這種想法。」

「……所以呢？」

面對滿臉苦澀吐露心境的伊布莉絲，席恩開口發問：

「所以妳想怎麼做？」

「咦？」

「妳想幫助變成奴隸的精靈們……可是妳知道多姆魯他們人在哪裡嗎？」

「這……這個……我會……嗯，就努力找吧……」

「唉，受不了。就算妳再怎麼瞻前不顧後，也該有個限度吧。」

席恩一副早知如此地嘆了口氣，隨後將手放進口袋裡。

他從口袋裡拿出的是——

「這是……老二？」

「不是！」

「噢，我說錯了。不是老二，是假陽具。」

「對，是假陽具，模擬男性性器的……不對不對！這也不是假陽具！」

席恩一邊吐槽，一邊要對方仔細看清楚自己手上的東西。

「是『木芥子』！『木芥子』！凪不是說過了嗎！」

「啊——對對對。是叫這個名字的玩偶。」

「木芥子」。

那是在凪的祖國流傳已久的傳統人偶。

席恩現在手裡拿著的東西，就是前幾天引發一場小騷動的木製人偶。雖然那時候只是將木頭削整過的原始狀態，現在卻用顏料塗出衣服和頭髮，臉也確實畫出來了。和之前相比，確實更有人偶的樣子。

「那次騷動後，凪給了我好幾個。」

「哦，是噢。所以……少爺為什麼要在這種時候拿出來？你該不會是想用下流的笑話，減輕沉重的氣氛吧……？」

「不是！我有我的用意！」

席恩大吼之後，開始解釋：

「難得凪送我人偶，我想說除了當成擺飾，不知道還有沒有別的用途，現在正在多方嘗試。」

「…………」

「我……我可不是討厭把它當成飾品喔！我才不覺得半夜看到這副眼睛一點笑意也沒有的笑容很可怕喔！」

席恩這完全是自掘墳墓。

「咳咳！呃……總之我試過很多做法——然後想到可以拿來當發信器。」

「發信器……」

「若要保留魔力，『人偶』這種形狀的東西會相對順利。只要把非常微量的魔力附著在上面，就能變成只有我可以感應到的專屬發信器。」

「……少爺該不會……」

「沒錯。多姆魯來的時候，我事先拜託過瓜了，要她趁機把『木芥子』發信器裝在馬車上。」

「…………」

「這個現在還只是試作品，性能很陽春，附著在上頭的魔力，最多只能維持六個小時。所以我們沒時間慢慢來了。」

「…………」

伊布莉絲瞠目結舌，啞口無言。

見她如此，席恩再度開口：

「我看妳好像誤會了——伊布莉絲，我可不是來阻止妳的。」

「…………」

「如果妳要去救精靈，那我也會跟妳去。要是交給妳一個人，誰知道妳會闖出什麼禍，我實在擔心得要死。」

「少爺……」

伊布莉絲困惑地看著以桀驁不馴的口吻拋出這句話的席恩。

「……少爺，你真是把我看得很透徹，透徹到讓人討厭的地步。居然從你知道那個奴隸商人過來的瞬間，就做了這些布局……」

「我並不是全都看透了。要是妳沒有採取行動，我也無意做出什麼提案。」

席恩說道：

「我剛才也說過，買賣奴隸不算犯罪，在這個國家是合法行徑；反倒是擅自幫助所屬他人的奴隸逃跑，將會構成和竊盜、強盜同等的罪名。」

不過——席恩繼續說：

「比起這個國家的律法，我更看重妳的想法。」

「……這樣好嗎，少爺？你會變成罪犯喔。」

「哼，我本來就是見不得光的人。事到如今，再多一、兩個罪名根本無所謂。」

席恩聳了聳肩：

「不管怎樣，我都不能交給妳一個人去辦。畢竟要是妳像平常一樣，隨便交差了事，我可應付不來。我來幫妳……唉，我會幫妳巧妙處理，讓事情不會鬧大啦。」

「……噗……啊哈哈。」

伊布莉絲噗嗤一聲笑了出來。

「真是的，明明是個小不點，卻老愛耍帥。」

「什……妳……妳別捉弄我了！我是認真的——」

憤慨的席恩話才說到一半——

便感覺到一陣輕柔的觸感。

伊布莉絲稍微蹲低了身子，輕輕地抱住席恩。

「呃，啊……」

「謝謝你，少爺。」

耳際傳來的感謝話語拍打著鼓膜。

伊布莉絲平常不是會頻繁和他有肢體接觸的人，但還是有過好幾次半開玩笑地摟住他的情況。

然而這是第一次。

被她這樣輕輕包覆著，擁在懷裡。

「呃……喂，伊布莉絲……妳想抱到什麼時候啊？」

「……呵呵，偶爾一下下有什麼關係嘛？或者你要我更進一步——」

「——咳咳！咳咳咳！」

有聲音。

一道實在太過刻意的咳嗽聲響徹玄關。

「——呃！」

伊布莉絲突然整個人從席恩身上彈開。

接著，雅爾榭拉、菲伊娜、凪自柱子後面走出。

「呃……原……原來妳們都在啊？」

「是呀，我們從頭看到尾喲。事情我們都從席恩大人那裡聽說了。」

「……少爺，你的口風很鬆耶。」

「可……可是我覺得瞞著大家也不好……」

被伊布莉絲一瞪，席恩不禁結結巴巴地找藉口。

雅爾榭拉面帶冷冷微笑，往伊布莉絲湊近。

「呵呵呵，虧妳平時還那麼看不起我們，說我們是色情狂、發情期，結果稍微跟席恩大人獨處，自己卻是這副德性啊，伊布莉絲？」

「才……才不是咧，我剛才是……是……」

「小席大人也不好。明知我們都看在眼裡，卻完全不抗拒。」

「我……我只是嚇得無法動彈而已！」

「……主公……您這麼討厭把『木芥子』擺出來嗎……？屬下還以為您是因為喜歡，才改造成發信器的……」

「啊啊！不、不是啦，凪！妳的『木芥子』人偶真的很棒！真的做得很好！只是……我……我晚上跟它對到眼，實在覺得很可怕……」

眾人像平常一樣開始吵鬧。

等騷動告一個段落——

「妳們……都不阻止我嗎？」

伊布莉絲看著其他女僕說道：

「我們明明已經決定要捨棄過去的一切，以少爺的女僕在這個地方生活了……我卻做出這種留戀過去的事……」

「……我不會阻止妳喔。」

答出這句話的人，是雅爾榭拉。

「既然席恩大人已經同意，那我們也沒有道理阻止。畢竟席恩大人的命令不容置喙。」

而且——雅爾榭拉繼續說著。

嘴角隱約浮現一抹微笑。

「妳會回來對吧？」

「……是啊。」

伊布莉絲點了點頭。雅爾榭拉見狀，也滿意地頷首。

「既然這樣，那就去吧。」

「我有同感。」

「我和她們一樣。」

菲伊娜和凪也用力地點頭認可。

「妳們……真受不了，妳們這些人未免也太好講話了吧。」

伊布莉絲低下頭，用力說出這句話。感覺她似乎想盡辦法要口出惡言，但就是壓抑不了上揚的嘴角。

「那麼──我們走吧。」

「……是。」

在三名女僕的目送下，席恩和伊布莉絲離開了宅邸。

幾個小時後──

等他們兩人抵達多姆魯的所在地時，已經是清晨時分。

他的隱匿處位於巴坦鎮附近的一個小村落。

「有反應的是那一家。」

席恩小聲說著。

那是一間座落在村外的老舊獨棟房子。

房子旁邊就停著多姆魯的馬車和貨廂。

他們首先走近貨廂。

悄悄窺探貨廂內部——但裡面什麼也沒有。

「……看來至少沒有把奴隸整個塞在裡面，然後放著不管。」

根據席恩在結界內感覺到的氣息，多姆魯除了帶進宅邸的那兩個精靈，貨廂上還載著其他六個精靈。

如果他是惡質的奴隸商人，極有可能會讓奴隸睡在屋外。不過看來多姆魯擁有的奴隸並未受到那麼惡劣的對待。

席恩緩緩鬆了口氣，心中同時卻也湧現疑問。

（真是奇怪……我還以為他跟好幾個同夥一起共事。可是……）

這附近並沒有多姆魯所屬商會的分會。席恩原本以為他夥同數名同伴，帶著大量的奴隸遠征至此……這個家卻只有一台馬車。

（追根究柢，把這個家拿來當據點，根本太小了……）

席恩一邊思考，一邊往貨廂深處看去，隨後回收放在那裡的「木芥子」。

「少爺你還要回收那根老二啊？」

「這不是老二，是『木芥子』……也不能不回收吧？」

這是凪送的禮物，得好好珍惜。席恩一邊這麼告訴自己，一邊把看了就讓人發毛的人形發信器放入懷中。

「既然不在這裡……就代表精靈小孩們都在家中嗎？」

說完，兩人消除氣息，朝屋子走去。

如今已是清晨，朝陽開始升上天空。如果可以，他們也想趁夜──趁著多姆魯睡覺的時候，把一切收拾乾淨。無奈受到發信器的時間和移動距離限制，只能挑這個時候了。

「先來確認作戰計畫。」

席恩緩緩朝屋子移動，同時小聲告知：

「潛入家中後，我會用催眠魔術讓多姆魯昏倒。如果他有同伴，也讓我來應付。」

「了解。」

「搞定之後，我們一起帶著精靈們逃走。」

「收到。可是……這還真是個有夠單純的計畫耶。」

「這麼單純反而比較好。」

多姆魯沒有戰鬥能力。

就算選擇強硬一點的方法，也有辦法應付。

「可是少爺，項圈要怎麼辦？我記得那玩意兒只能用專用的鑰匙，否則絕對打不開吧……?倘若硬是扯開,就會啟動毒針機關。」

「如果是我,就有辦法硬拆。而且可以毫髮無傷。」

「……你真是可靠到很離譜耶。」

伊布莉絲現在的心情已經跨越佩服,完全傻眼了。

另一方面,席恩則是感到了些許的罪惡感。

(……總覺得這樣好像強盜,我不太喜歡。噢……不對,不是『好像』,我根本就是強盜了吧。)

他在內心自嘲。

他現在要做的事情,毫無疑問是犯罪行為。

席恩不會對揣測伊布莉絲的心思這件事感到遲疑……可是他跟多姆魯並未直接結仇。儘管多姆魯對待兩個奴隸精靈的方式,讓人沒有好印象,卻也只是做好身為奴隸商人的工作罷了。

所以席恩姑且帶著一點聊表心意的金錢。

用催眠魔術讓他昏倒之後,席恩打算把這些錢放入他的懷中。

(……但既然要這麼做,還不如一開始花錢買下所有奴隸,然後再把他們放跑就好了。)

這是最簡單，也是合法的解決方式。

席恩並不是沒有積蓄。

如果是市價慘跌的混血精靈，他完全有能力買下多姆魯帶去的所有精靈。

可是——他就是不喜歡這樣。

花錢買下奴隸這件事——等於承認淪為奴隸的少女們是物品。

尤其是在伊布莉絲面前，席恩更不想和奴隸商人交易精靈。

但也就是因為這個小小的堅持，現在才會非得採取這麼迂迴的手段。

「要走嘍，伊布莉絲。」

席恩下定決心說道。

首先，為了確認屋裡的情況，他們從窗戶偷偷窺探。

接著——一幅超乎預期的景象映入雙方眼簾。

「啊哈哈，等我等我，多姆魯先生，等等我！」

「嘿！我揍，我揍我揍！」

「好痛！痛死了……喂喂，妳們手下留情一點啊。好痛！喂，別拉我的鬍子……！」

「噫噎噎！多姆魯先生，露科欺負我！」

「呀啊啊！才不是，是露卡先打人的！」

「啊啊……露卡、露科，別哭了。哦哦，乖乖。好痛！我……我說了，別拉我的鬍子……！」

「夠了！你們幾個給我差不多一點！早餐時間到了！我從剛才開始就喊了好幾次吧！」

「哇啊，是亞兒姊！亞兒姊生氣了！」

「呀哈哈！快逃啊！」

「哎喲，真是的，你們老愛胡鬧……！」

「好了啦，亞兒，有什麼關係呢？」

「多姆魯先生你也不好，生氣的時候就該確實生氣啊。」

「……唔呵呵，我就是不會生氣和大吼嘛。」

「受不了，你就是人太好了。昨天去塔克斯卿的宅邸時也是，你對待我和奧兒應該要更粗暴才行，要展現出我們是聽話、好用的奴隸也行啊……」

「唔呵呵……真是抱歉。我腦子裡也知道應該這麼做。可是……」

「你就到此為止吧，亞兒。」

「奧兒……」

「正因為是多姆魯先生這麼好的人幫了我們，我們才能像這樣活到今天呀。」

「……是這樣沒錯。」

「好了，各位，來吃飯吧。不然難得煮好的湯要涼掉了。」

「好～」

「知道了，奧兒姊。」

「等……等等，為什麼你們就只聽奧兒的話啊！」

「「…………」」

從窗戶窺探屋內情況的席恩和伊布莉絲不禁啞口無言。

他們無法相信呈現在眼前的光景。

（這……這是怎樣啊……？）

歡笑。

那裡有的——只有歡笑。

在屋裡的人除了多姆魯，其餘全是精靈奴隸。年紀還小的小精靈們都戴著堅固又讓人不捨的項圈。

但他們不論男女，臉上都沒有奴隸那樣的悲愴感。

別說悲愴了——他們甚至滿臉洋溢著希望和幸福。

那兩個比其他孩子稍顯年長的精靈——亞兒和奧兒，也不像昨天在宅邸看到的那樣，宛如人偶般面無表情。

亞兒的表情強勢，奧兒則是有著沉著成熟的表情。

她們活潑的態度簡直判若兩人，還負責準備其他孩子的餐點。

以及——多姆魯。

有著臃腫的身材，笑聲厚臉皮的奴隸商人。那個臉上掛著逢迎拍馬的下流笑容，把精靈當成商品對待的他就像一場謊言——如今的他有著一張溫柔的面容。

他被精靈小孩們包圍，發自內心笑著。

精靈們看起來也對他敞開了心房。

（這到底是怎麼一回事啊……？）

「多姆魯先生，今天要怎麼辦呢？」

早餐吃到一半，亞兒開口問道。

「……今天我想往北看看。聽說越過北邊山頭之後，附近有個邊境伯爵的宅邸。」

「我明白了。」

多姆魯一臉沉痛地說完，亞兒也做好覺悟，點了點頭。

這時候孩子們開始躁動。

「咦……今天還要去把姊姊們賣掉嗎？」

「難得昨天失敗了說……」

「……嗚嗚，人家受夠了啦。人家想永遠跟大家在一起……」

「你……你們……別這麼任性！這也沒辦法啊……誰教我們已經完全沒錢了……」

「……對不起。真的很對不起，都是我不好……」

多姆魯圓潤的臉快速扭曲，感覺隨時都會哭出來一樣。

就在這個時候——

「……咦？什……塔、塔克斯卿？」

「啊。」

或許是因為狀況太過出乎意料，讓人腦袋一片混亂，所以不禁緊黏著窗戶窺探吧。

總之，席恩和伊布莉絲被屋裡的人發現了。

屋子裡空蕩蕩的。

幾乎只有最基本的家具，他們還用木材和木箱來充當椅子。樑柱和牆壁也已經嚴重損傷。

一問之下，多姆魯等人一個月前就住在這裡了。以幾乎是免費的價格，承租這間村落所有的空屋。

「……那麼多姆魯，你是說你早就辭掉商會的工作了是嗎？」

「是的……」

席恩和伊布莉絲兩人隔著一張又舊又有醒目傷痕的桌子，面對多姆魯談話。

亞兒和奧兒則是帶著精靈小孩們待在屋外。

「……唔呵呵，說來慚愧。」

多姆魯自嘲地笑道，然後開始述說。

在宅邸見面時，那道只會令人生厭的招牌笑聲，如今卻感覺非常空虛。

「其實戰爭結束之後，奴隸的需求就逐漸減少了。富裕的貴族們傾向雇用正規的傭人，而不是奴隸，商會的收益因此每況愈下……這時候壓垮我們的最後一根稻草，就是那個『奴隸解放運動』。」

或許是世界恢復了和平，最近人民和鄰國的交流比以前還要興盛。想當然耳，他國的情報和文化也會隨之輸入國內。

周邊幾個國家當中，也存在著沒有奴隸制度的國家。

甚至有國家公開承認亞人的存在，和人類和平共存。

一旦這方面的情報進入國內，自然會影響文化、制度，並且產生改變。

在這種情勢的轉變下，國內的奴隸市場成了黃昏產業。

「經營一旦惡化，上頭當然……就會命令我們處理庫存。」

此時多姆魯瞥了一眼窗外。

精靈小孩們正快樂地在外頭玩耍。

「上頭要求我……處理我負責的那些孩子們。」

「…………」

要說正常的確是很正常的流程。

奴隸商會處分賣不出去的奴隸是很常見的事。

雖說是奴隸，還是有法律承認他們擁有最基本的人權。但那頂多只針對買下奴隸的主人而設。

法律只是防止富裕階級的人過度虐待和體罰，至於奴隸商會私下處分奴隸，則被當成不成文規定，予以默許。只要隨便交出報告，說「有傳染病的嫌疑」，上頭也不會深究。

「一開始……我本來想照著命令，殺死他們。可是……我就是辦不到……唔呵呵，很可笑吧？我過去明明賣了那麼多奴隸。就算這樣……只有那些孩子，我就是狠不下心動手。因為他們長期賣不出去，我已經照顧他們好些年了……」

大概是對他們有了感情吧。

奴隸商管理奴隸時，最重要的一點，就是不能過度投入。看來多姆魯是失敗了。

一旦無法把奴隸當成「物品」看待，對奴隸商就是致命的失敗。

「等我回過神來……我已經退出商會，還拿出我所有的資產，買下八個自己照顧的奴隸了。」

「…………」

「這話說來諷刺，多虧混血奴隸賣不出去，價格跌落了，所以以我一個微不足道的奴隸商的存款，才勉強有辦法買下。」

「……原來如此。」

事情大致上都明瞭了。

這時候——

「……既然這樣，為什麼還要來我們這裡做生意？」

伊布莉絲開口問道。

她似乎不吐不快。

「既然你這麼地看重他們，那麼繼續照顧他們不就好了？既然出手幫忙了，就負責到最後──」

「別說了。」

席恩舉起手，制止話語中充斥著怒氣的伊布莉絲。

「……如果可以，我也想繼續和那些孩子們在一起啊……那些孩子的笑容，不知道給了我多少救贖……可是我已經不行了。為了買下那些孩子，我花光了自己的積蓄，所以已經不剩什麼錢了。」

多姆魯忍著嗚咽說著：

「那些孩子是亞人，也是奴隸，根本不可能交給孤兒院，也沒辦法得到一份正經的工作……到頭來，能讓他們活下去的路，也只有請哪個有錢人把他們買回家了。否則的話，他們只能跟著我一起餓死……」

「……唔！」

伊布莉絲咬緊了唇瓣，或許是對情緒化而輕易開口責備對方的自己感到羞愧吧。

席恩筆直看著對方。

「她們……好像也明白你的苦衷。」

他的腦中浮現的是，在宅邸見到的亞兒和奧兒。

宛如人偶般面無表情以及態度。

那副——拚死扮演受到嚴格調教，已經是個好奴隸的樣子。

「……說來悲傷，至少在我看來，她們已經接受自己的命運了。明白要讓自己活下去的辦法，就是以奴隸的身分過活……」

「…………」

「都怪我太沒用了，我真是對不起他們。所以我才會這樣，拚命地尋找買家，希望他們所有人至少都能待在一個好主人身邊……」

「……情況我都了解了。」

席恩說道。

然後閉上眼睛，思索了一會兒。下一秒——

「嗯……我想了很多，還是覺得很可惜。」

接著這麼說。

以宛如演戲般呆板的口吻說著：

「多姆魯，我還是決定跟你買奴隸。」

「……呃……什麼！」

多姆魯驚叫出聲，坐在席恩身旁的伊布莉絲也瞪大了眼睛。

「這、這是真的嗎，塔克斯卿？」

「是啊，這不是謊言。」

「謝……謝謝你。那麼你想要亞兒還是奧兒？又或者想要別人……」

「全部。」

「……咦？」

「八個人，我全買了。」

「…………」

多姆魯已經超越吃驚，臉上寫滿愕然。

席恩接著又說：

「關於混血精靈——多姆魯，如果你也沒工作，要我僱用你也行喔。」

「呃……我、我嗎？」

「是啊，我想拜託你——負責照顧我買下的他們。」

「照顧……」

「接下來你和他們就往鄰國——阿斯托共和國去吧。」

阿斯托共和國。

那是位於羅格納王國西南方的一個小國。

「阿斯托國內沒有奴隸制度，是個對亞人也很寬容的國家。就算是混血精靈，也不會受到歧視。說是這麼說，要你們離開故鄉，去其他國家生活，想必得面對很多困境……即使如此，也總比住在這個國家好得多。」

「…………」

「你意下如何？」

「……呃……啊，不、不好意思，我完全跟不上你說的話……其實，我也不是沒想過要去阿斯托……但還有項圈的問題。畢竟我國禁止奴隸未經許可擅自出國。」

「你說項圈的話，我拿得下來。」

席恩說道：

「關於出國許可，我也可以去跟上頭談。我認識一個萬事通在騎士團裡。只要我拜託那個人，再包個紅包給關卡的官員，要出國根本輕而易舉。」

「…………」

「『如果可以，我也想繼續和那些孩子們在一起啊』。假使你剛才這句話發自肺腑，那我希望你可以在新的土地和他們互相扶持。希望他們能夠不以奴隸的身分，而是以原原本本的他們找到活下去的路。」

「…………」

「當然了，這是我委託給你的工作，報酬我會確實給你。我馬上就提供能讓你們未來幾年不愁吃穿的金錢。」

說了這麼多，席恩最後看著身旁的伊布莉絲。

「妳覺得這個結論怎麼樣？」

「……呵呵。」

伊布莉絲笑了。

打從心底覺得好笑。

「這樣好嗎，少爺？錢會一下少了很多喔。」

「哼。我身上大部分的積蓄都是王室給的錢。真要說起來，多姆魯和他們也算是這個國家制度和政策下的被害者……既然這樣，拿國家的錢保證他們的生活，這很合理吧？」

「呵呵，你不覺得這理由很牽強嗎？」

「才不會。」

伊布莉絲語出調侃，席恩則是不悅地鼓起腮幫子。

「……為……為什麼？」

但多姆魯似乎還完全無法理解狀況。

這也難怪。

昨天才剛見面的陌生人，竟然願意給他們一大筆錢。

「你為什麼要為了素昧平生的我們，做到這個地步……？」

「……嗯。這個嘛，我也有我的理由。」

畢竟無法明言伊布莉絲的身分。

席恩思索著言語，不知該說些什麼。

「該怎麼說呢……其實我很喜歡。」

最後，他留下了這句話：

「我喜歡替素昧平生的人盡一份心力。」

之後——

席恩離開村莊，先回一趟宅邸。

為了拿下項圈，需要專用的藥品和媒介，因此他必須回去宅邸拿。而且也得順便把這段時間的生活費交給多姆魯。

席恩回到宅邸後，首先向三個女僕說明這些事。

「是喔，真的假的？那個歐吉桑其實是個好人啊？」

聽完席恩的解釋，菲伊娜發出驚訝的聲音：

「真是不敢相信。那張臉絕對是壞人吧？他長得就像個無良商人啊。」

「別以貌取人。」

席恩姑且出言規勸……但說實話，他和菲伊娜有同樣的感受。

「但不管怎麼樣，順利解決就好。就某種意義來說，這也算是最和平的結局了吧？」

「是啊。」

多姆魯並沒有虐待身為奴隸的精靈們。別說虐待了，他甚至救了他們的性命。

如果按照當初的計畫，他們本來打算從多姆魯手中硬搶那些奴隸。但關於那些奴隸之後該怎麼辦，他們倒是從未想過。畢竟發信器有時間限制，他們沒有時間想那麼多。

幸虧多姆魯的本性出人意料地好，精靈奴隸們往後的生活已經不必再操心了。

能夠和平收場——真的太好了。

「伊布莉絲應該也會很開心吧。」

凪開心地說著，就像替自己感到開心一樣。

「她一定會銘記主公的度量之大，並感激您的。」

「……難說噢。」

席恩難為情地說出模稜兩可的話。

順帶一提，伊布莉絲現在不在宅邸裡。

她留在村中照顧那些精靈們。

原本她也預定要一起回來，但在出發之際，被精靈小孩們逮個正著。

他們不斷央求伊布莉絲陪他們玩。席恩無可奈何，只好把她留在那裡。

「啊，對了。關於錢的事，抱歉，我先斬後奏。其實應該也要徵得妳們的同意才對。」

「啊……算了算了啦，這也沒辦法啊。我是覺得有點浪費啦。因為這樣感覺就像在捐錢一樣。」

「菲伊娜，不要對主公決定的事有微詞。主人要怎麼用錢，不是家臣可以插嘴的。」

「只要是席恩大人決定的事，我們唯有服從。」

「嗯啊……是是是，妳們說得對，就是這樣。」

菲伊娜受到凪和雅爾榭拉的責罵，心不甘情不願地同意。

「可是席恩大人……」

「怎麼了？」

「請恕我多嘴……您真的有必要做到這種地步嗎？」

「……這不是有沒有必要的問題吧？雖說和我沒有直接關聯，那些精靈奴隸們卻和伊布莉絲的過去有關，我怎麼能放著不管——」

「不，不是的，我不是這個意思……真是抱歉，我說得不夠清楚。」

雅爾榭拉深深低頭賠罪，繼續往下說：

「我不是想勸諫您救助精靈們這件事——只是覺得再過不久，他們就不需要幫助了吧？」

「什麼意思？」

「這個國家現在不是盛行『奴隸解放運動』嗎？」

「…………」

「我聽說這個運動的重點訴求，就是亞人奴隸。所以席恩大人不用主動伸出援手，很快的，那些亞人奴隸所待的環境也會慢慢好轉不是嗎？」

「……關於這個運動……」

席恩思考了一會兒，最後開口：

「說實話——我抱持著非常懷疑的態度。」

「咦……」

「我知道的也不是很多，所以不太想憑猜測就評論……但我不認為那種粗糙的運動能讓國家變好。」

席恩將手放在下巴思索著。

「不對，只是粗糙倒還好。然而那樣子……就是會讓我覺得有什麼內幕。」

就在席恩沉浸在思緒中時——

戴在左手的戒指，也就是戒指型通信機有了反應。

是來自列維烏斯的通信。

其實席恩在從村子回來的路上，已經聯繫過列維烏斯了，但當時他似乎沒空，所以沒能接通。現在他回應了。

席恩離開座位，回到自己的房間後，才連上列維烏斯的通信。

『抱歉，席恩，我剛才在處理事情。』

「無妨。畢竟你的立場也很忙碌。」

『這是在挖苦我嗎？』

「……你為什麼會覺得是挖苦？跟你講話實在很累。」

『哈哈，抱歉啦。我這麼講是有點針對性。』

雙方稍微抬槓後——

『所以你有什麼事嗎，席恩？』

列維烏斯首先切入話題。

『不過你會主動聯絡我，我實在感覺不出會是什麼好事。』

「別這麼緊張。不是什麼大事。」

隨後，席恩簡單說明了這次事情的原由始末。

關於多姆魯和精靈奴隸的事。

以及他想讓他們離開國家到阿斯托，請列維烏斯事先知會國境警備和關卡的人們。

『……你還是老樣子，就愛做個聖人君子。』

聽完席恩說的話，列維烏斯有些傻眼地說著。

『真虧你有辦法為了素昧平生的人做這種事。』

「……因為他們也不算完全和我無關啊。」

『嗯？這和你有什麼關係？有關的只有那個女僕——那個女「闇森精」不是嗎？』

「和伊布莉絲有關的事，就和我有關。」

『……恭喜你們感情還是一樣好。』

「少囉嗦。你別管。」

面對這道調侃，席恩不悅地反擊。

『唉，行啦。我會打點好這件事啦。所幸我國最近和阿斯托交好，國境審查也沒有多嚴格。只要我事先疏通好，他們都能順利過關。』

「謝謝你了。列維烏斯。」

『這也不是你需要道謝的大事。』

列維烏斯輕鬆說著。然後——

『不過……奴隸啊？』

說出這句耐人尋味的話。

「怎麼了嗎？」

『沒有……我只是在想，你說那個叫作多姆魯的男人，原本所屬的商會……是叫戴斯忒嗎？』

「呃……對啊。」

『現在剛好有個關於這個商會的糟糕八卦。我剛才之所以沒有回應你的通信，就是在忙這件事。』

「什麼糟糕八卦……？」

面對席恩的反問，列維烏斯這麼回答：

『就是「奴隸解放運動」——背後真正的目的，總算明瞭了。』

「……唉，累死我了。」

被精靈小孩們恣意捉弄的伊布莉絲，蹲在房子的陰影處，吐出一口氣。

（小孩子為什麼會那麼有精神啊？）

她抬起頭，隨即看見孩子們還在屋子旁邊踢球玩耍。

他們各個天真、魯莽，而且無憂無慮地嬉鬧著。

（……畢竟我平常只會面對少爺，根本不知道普通的孩子是怎樣。）

伊布莉絲在內心苦笑。

席恩．塔列斯克。

一切都超出常理的少年。

實力和實績自然不在話下，就連性格和智慧也超乎一般少年。

正當伊布莉絲迷迷糊糊地想著這種事時——

「……請問……」

她的背後傳來一道聲音。

伊布莉絲回過頭，只見那名短髮的精靈少女——亞兒就在她的身後。

她以不安的眼神看著伊布莉絲。

「妳還好嗎？那些孩子有沒有什麼失禮的舉動……」

「嗯？啊……沒事沒事。我不要緊。我只是不習慣，覺得有點累，所以休息一下。」

伊布莉絲隨口回應，並站了起來。

「真的很不好意思，請妳陪孩子們玩。」

「我就說不用介意了啦。而且跟行為舉止符合年紀的小孩子玩，還算是新鮮有趣。」

畢竟少爺的行為舉止根本不符合他的年紀。

伊布莉絲在心中補充。

「那就好……請問……」

亞兒繼續問道：

「塔克斯卿為什麼要幫助我們呢？」

「…………」

「不是的，那個……當、當然了，我不是有什麼不滿！我真的覺得這是個不可多得的提案！我只是……很好奇他的理由。」

站在亞兒她們的角度——也難怪會這麼覺得了。

畢竟這整件事就像正當他們處在絕望深淵時，一個路過的有錢人不求回報地幫了他們一樣。

也難怪會無法相信了。

（可是說到理由……與其說是為了我，不如說是我害的吧？）

雖然席恩未曾說過半句邀功的話，但他確實是替伊布莉絲設想而行動。

（……其實——少爺也不是把我當成最特別的人吧。要是其他三個人遇上同樣的狀況，他一定也會做出同樣的事。）

席恩·塔列斯克就是這樣的人。

「……我家的少爺就是個爛好人啦。」

伊布莉絲說道。

雖說是模糊焦點的話語，卻也是她打從心底說出的真話。

（他真的……是個爛好人。）

比任何人都要強悍，比任何人都要溫柔。

這就是名為席恩·塔列斯克的存在。

「欸欸，女僕姊姊！」

這時有一道聲音呼喚著伊布莉絲。

原本在不遠處玩耍的孩子們，不知何時來到她們身邊。

「繼續跟我們一起玩啦！」

「……好好好，我知道了啦。真拿你們沒轍。」

儘管發出懶散的聲音，她的表情卻顯得柔和。

（偶爾這樣也不錯啊。）

陪孩子們玩耍也不賴。

就算——一想到這些孩子是被自己害得失去居所，複雜的心境就無法抹除，她還是這麼覺得。

她總覺得有股如釋重負的心情。

覺得自己彷彿受到了寬恕。

「女僕姊姊的頭髮是白色的，好漂亮喔。」

這時候，有個孩子這麼說道：

「而且皮膚的顏色是蜂蜜色，感覺好像——『闇森精』喔。」

這恐怕只是一句稚子天真無邪的感想。沒有惡意和揶揄，只有率直的感想。

伊布莉絲感到內心一陣冰涼，也只是一瞬間的事。

然而——

「不……不乖！妳在說什麼啊！這樣對姊姊很沒禮貌耶！」

亞兒卻立刻發出大吼，告誡孩子不可如此，

接著低頭對伊布莉絲致歉：

「對不起，這孩子說了沒禮貌的話……被說成是『闇森精』，一定讓妳很討厭吧……」

「……不會，我還好。妳也不用在意。」

伊布莉絲輕描淡寫回答。

她的心冷靜到連她也覺得不可思議。沒有憤怒，也沒有悲傷，只是把那句話當成理所當然，就這麼接受了。

但是……

「妳們果然對『闇森精』懷恨在心嗎？」

當她回過神來，這道疑問便從嘴裡蹦了出來。

「咦？」

「……唉，也是啦。畢竟都是『闇森精』那個蠢貨，害得妳們沒了故鄉。」

「這個……說實話，其實我也不知道。」

亞兒以迷惘的聲音說著：

「我只從母親口中聽說，因為『闇森精』的關係，精靈村里才會滅亡。當她興起暴風雪攻擊村里的時候，住在村外的母親用盡了全力，才成功逃到森林外面……之後她在人類的國家中吃了很多苦。所以……我想母親大概痛恨著她，抱著這股怨恨而死去。」

「…………」

「可是我……沒有直接見過那個人，所以說實話，我不知道該怎麼怨、怎麼恨那個人……」

而且──亞兒繼續說：

「如果『闇森精』沒有攻擊村里，我想母親一定一輩子都不會離開村落……這麼一來，她就不會認識人類的父親，我這個混血精靈也就不會出生。如此一想……我覺得好像也不能完全否定這整件事。」

「…………」

「我想『闇森精』大概是個壞蛋……可是我對她沒有太多想法……真不好意思，我回答得這麼莫名其妙。」

「……不會，很夠了。」

伊布莉絲說道。

正因為她不知道伊布莉絲的真實身分，才有辦法說出這般肆無忌憚的意見吧。

這件事實重重地刺痛伊布莉絲的內心深處。

就在這個時候……

「──怎麼這樣！這是什麼意思？」

一道困惑的聲響突然傳來。

在村子的入口附近。

多姆魯──被騎士團的人們包圍。

「你聽不懂嗎？我叫你──把這裡所有的混血精靈全部交給我們。」

盛氣凌人說出這句話的人，是個疑似集團部隊長的男人。

男人有著一張圓臉，以及身材和身高都屬中等的體格。

仔細一聽，就會發現一旁的人都以「耶爾丹隊長」稱呼那名男人。

（我記得……耶爾丹是……）

伊布莉絲掠過腦海的情報，是前幾天在巴坦鎮買東西時看到的東西。

進行「奴隸解放運動」的團體。

她依稀記得那些人高舉的紙張和板子上，就寫著這個名字。

卡密爾．巴拉．耶爾丹。

那是這個運動代表人的名字。

「哎呀哎呀，沒想到我在巴坦鎮聽到的傳言是真的。」

卡密爾厭煩地說。

「傳……傳言……？」

「就是這個村落最近住著一個帶了好幾隻混血精靈奴隸的男人。我真沒想到竟然會是戴斯忒商會的商人。」

卡密爾以高壓的口吻拋出這席話：

「多姆魯啊，戴斯忒商會——應該有下達要你處分所有亞人奴隸的命令才對吧？」

「是……是的……但我用自己的錢將他們買下，然後退出商會了啊……」

「什麼？你瘋了嗎？你該不會是對奴隸動情了吧？還是說……你有這種興趣？呵呵……呵哈哈哈！」

卡密爾按捺不住情緒，放聲大笑。他身旁的男人們也跟著笑了。

眾人大聲嘲笑這名對奴隸產生感情的奴隸商人。

「哎，算了。不管怎樣——看樣子這個指令沒有確實傳給小嘍囉。真是夠了，我明明吩咐過，亞人奴隸務必要做到『特別處分』啊……」

卡密爾喃喃自語後，對著身後的男人們做出指示：

「喂，全帶走。一隻都別落下。」

男人們聽從卡密爾的命令，開始行動。多姆魯卻拚命擋在他們前頭。

「請等等！你……你們打算把人帶去哪裡？」

「哼，既然你替這種骯髒的亞人護航，我勸你還是別知道的好。」

「怎麼能……耶……耶爾丹部隊長你不是『奴隸解放運動』的先鋒嗎？你不是承認奴隸和亞人們擁有人權，希望打造一個讓他們和我們平等共處的和平世界嗎……？」

「……噗嗤。呵……呵……呵哈哈哈哈哈！」

卡密爾經過片刻的訝異後，張嘴大笑。他的部下們也同樣發出嘲笑。

「哈哈哈……哈哈……啊——笑死我了。原來如此，原來你的地位這麼卑微啊？商會的人什麼都沒告訴你啊？」

卡密爾那張親切的臉因醜惡扭曲，開口這麼說：

「亞人、奴隸和我們平等？怎麼可能會有那麼荒唐的世界？比人類低等的垃圾居然想和我平等過活，這才是最不平等的事。」

他一邊吐出嘲弄和侮蔑的話語，一邊抬腿踢飛多姆魯。

卡密爾看著倒地的多姆魯，打從心底覺得滑稽。

「其實我啊，打從心底討厭亞人的存在，就連讓他們以奴隸的身分存在，都讓我覺得想吐。」

宅邸內，席恩的房間——

『——席恩，想必你多少對那個「奴隸解放運動」抱持著疑惑吧？』

「……是啊。」

席恩語重心長地點頭說著：

「他們的行動和理念全是理想，過度欠缺具體性。提倡解放奴隸跟平等是很好……但他們從未想過落實理念後的事情。」

解放奴隸。

廢除歧視，讓奴隸們自由翱翔世界。

這些話——光聽是覺得很美好。

然而——

實際上只是理想論。

充其量是紙上談兵的理想。

直到昨天為止還是奴隸的人，到了今天卻突然跟他說「不用當奴隸了」——這教那個人該如何自處？

直到昨天為止，他只要聽從命令，就有飯可吃。但從今天起，他卻必須憑自己的腳去找工作。而且就算廢除了奴隸制度，應該也沒有經營者願意雇用曾經當過奴隸的人吧？

席恩可以想見，到時候街上將會充滿曾經當過奴隸的流浪漢。

更何況羅格納王國本來就有保障奴隸身分的最基本法律。就算是奴隸，也不能進行非人道的虐待，或棄之不理。如果因為不給食物而餓死，或是在殘酷的體罰下死亡，主人將會受到相應的處罰。

然而——要是奴隸制度廢除了……

保護奴隸的法律就會消失——這麼一來，能保護前奴隸的人也會消失。

所謂的奴隸，本來大多是在其他地方也沒有容身之處，才會淪落為奴的人。

如果要他們不當奴隸，那到底該何去何從呢？

當然了，其中想必也有胸懷堅定心志，運用從枷鎖當中解放的手腳開創新人生的人。

但是……

擁有那種強韌心志的人，一定非常少數。

奴隸制度是惡。

廢除奴隸制度是善。

這並非用簡單的二分法就能定論的問題——

「瞻前不顧後的善行是貴族的興趣之一。我本來以為這次的事也是部分貴族的心血來潮……」

『實際上，參加的人大多數都是這種人吧。只是沉醉在對弱者伸出援手的自己，其實還算是一群討喜的人。不過——發起這種運動的人們，卻是黑心到令人不寒而慄。』

列維烏斯以充滿厭惡的聲調說著：

『這個運動的核心人物……以先鋒卡密爾．巴拉．耶爾丹為首，都是一群重度的亞人歧視主義者。』

「亞人……歧視主義者……？」

『我和卡密爾都是貴族，之前好幾次打過照面。那傢伙從以前開始，就徹頭徹尾討厭亞人。這種人突然開始搞奴隸解放運動，我還以為他的內心發生了什麼變化……但根本不是這麼回事。他跟以前一樣，依舊是個歧視主義者。』

「……這樣啊。原來是這麼一回事。」

席恩稍微思考之後，吐出了然於心的言詞。

『哦，你已經大概猜到啦？這麼快就進入狀況，真是幫了個大忙。』

「是啊，雖然是件我不願想通的黑心事。」

席恩說道：

「這個國家的奴隸需求，原本就在戰爭結束後降低了。貴族們不再購買奴隸，奴隸的價值也漸漸下跌。這讓奴隸商會難以經營，結果不斷囤積賣不出去的奴隸。」

『要是此時國內發起這種「奴隸解放運動」，結果會怎樣……？答案很簡單。奴隸會越來越賣不出去，商會將越來越難以經營——然後開始處分庫存奴隸。第一個要處分的對象，就是不受歡迎的亞人。』

「這就是……『奴隸解放運動』的目的嗎？」

面對這個過於可怕的結果，席恩的胸口不禁湧現一股噁心想吐的感受。

「奴隸解放運動」——提倡著解放奴隸，其實目的恰恰相反。

他們的目標是讓奴隸受到死亡處分。

奴隸在這個國家的權利，受到最低限度的保障。就算對方是奴隸，主人也不能任意處刑。

但是——唯有商會不同。

只有奴隸商會這一組織受到默認，可以處理庫存。

畢竟如果不認可這件事，奴隸商會根本無法經營下去。

處分壓迫經營的商品屬於經營層面無可奈何的判斷，因此受到上頭的許可。

「怎能……怎能做這麼醜惡的事……！他們把奴隸的性命當成什麼了……！」

好想殺了憎恨之人。

好想殺了討厭的人。

可是——不想髒了自己的手。

這種迂迴又可怕的手法，席恩過去早已見過好幾次，這是人類特有的行事風格。

『那幫人的目的是抹殺國內的亞人，或者流放國外，這點應該錯不了。他們打從一開始就跟好幾個奴隸商會串通一氣了。而且好像不是單純殺掉這麼簡單，他們甚至想到了一個賺錢的好辦法。』

「……什麼？」

『有個計畫是商會在檯面上做樣子把奴隸殺死，其實是直接賣給國外的非法研究機構。到時候他們不再是奴隸，而是比奴隸更低等的研究材料。亞人奴隸的需求雖然降低了……如果當成人體實驗的材料，卻又是另外一回事。』

「…………」

『而發現能將亞人以研究材料賣到國外管道的人——就是卡密爾。那傢伙想到了這個最棒的生意，既可以減少討厭的亞人，又能賺取仲介費中飽私囊——不過現在好像出了點麻煩。』

「麻煩……？難道——」

『是啊。』

列維烏斯開口：

『就是戴斯忒商會惹出的麻煩。商會代表和卡密爾勾結，計畫要把還是孩子的混血精靈賣到國外——沒想到一個好事的商人，卻把本該處分的奴隸給買了下來。』

卡密爾．巴拉．耶爾丹。

他很討厭奴隸。

其中尤其討厭亞人奴隸。

沒有任何理由。

就只是沒由來地——看不順眼。明明不是人類，卻住在人類的國家內，這不禁讓他滿肚子火。

生為貴族的自己和他們是身分完全不同的存在——所以再怎麼瞧不起他們，對著他們扔石頭，也沒有半點過錯。

就算殺死他們，也不構成問題。

因為他們既醜陋又下等。

因為他們消失了，對這個國家更好。

這就是——卡密爾的價值觀。

自從他懂事以來，他的父母和周遭的大人們就是這麼教他的。

——我們貴族是一種高傲的存在，跟其他廢物不一樣。

——亞人是混著魔族之血的骯髒存在。

耶爾丹家所有人的價值觀都是如此，所以卡密爾也理所當然擁有同樣的價值觀。

但他本身並沒有被亞人傷害過。

別說傷害了，甚至沒有接觸過。

既沒接觸過，也沒說過話。

但他討厭亞人。

只因為他在那種環境成長，被灌輸那種觀念長大——

「……什……什……」

這樣的卡密爾如今——表情卻因為驚愕和恐懼抽搐。

（發生什麼事了……？為什麼會這樣——）

不該是這樣才對。

他在巴坦鎮完成「奴隸解放運動」的演講後，聽聞這裡有混血精靈存在。

他猜測或許是從戴斯忒商會不見的奴隸，所以來到這座村莊。結果如他所想。

因此他命令部下們前來回收。

戴斯忒商會的那些混血精靈已經談好要交給誰了，是國外的非法研究機構，他還收了訂金。事到如今，可不是一句不見了可以解決的，所以能找到真是太好了。接下來該給這個名叫多姆魯的男人什麼樣的懲罰當作出氣才好呢——卡密爾盤算著。

他的內心升起安心與憤怒，同時看著急忙上前回收的部下們。

然而就在此時——發生了一件預料之外的事。

女人。

一名穿著女僕裝的褐色肌膚女人，瞬間就讓其中一個部下昏倒。她用拳頭重擊對方的下顎，使之失去意識。

其他人急忙拔劍應對——但已經太遲。

女僕以超乎常人的動作，打倒了一個又一個騎士團成員。

她看穿了對方的劍招，以最小的動作揮拳攻擊人體的要害。

卡密爾的部下有十個人，卻在不到一分鐘之內，全部昏倒了。

「……其實我到現在還是搞不太懂來龍去脈啦。」

女人輕鬆揮舞著拳頭，慢慢靠近卡密爾。

她的口吻雖然平靜，但確確實實摻雜著怒氣。

「不過你是壞蛋這點應該錯不了吧。」

「……噫……噫噫噫！」

被那道銳利的眼光瞪著看，令卡密爾不禁跌坐在地。

儘管他是騎士團的部隊長，戰鬥能力卻不高。

更別說最近都忙於政治活動，根本沒有好好鍛鍊。搞不好連掛在腰間的那把劍，他都有一年沒碰了。

這樣遲鈍到極點的肉體和精神，如今已被女人散發出的怒氣壓制住。

「妳……妳……妳是什麼東西！」

卡密爾宛如要一掃心中的恐懼，大叫出聲：

「妳……妳知道我是誰嗎？我可是卡密爾．巴拉．耶爾丹啊！既是耶爾丹家未來的當家，也是總有一天會擔任國家中樞要職的男人啊！」

「沒聽過。」

「妳說什麼……！妳居然沒聽過耶爾丹家！我們可是這個國家前十……不對，前……前五名的名門貴族啊！難道妳不知道我的父親和祖父，替這個國家帶來多少利益嗎？」

「都說了，我沒聽過。」

「唔……妳這才疏學淺的垃圾！就是這樣，我才討厭沒有學識的庶民和奴隸！你們對自己的愚鈍完全沒有自覺，無法理解我們貴族是多麼高貴、多麼優秀的存在！甚至不知道我們貴族過去對這個國家盡了多少貢獻！你們享受我們祖上的恩惠，卻不對我這個後嗣表達敬意，成何體統！真是不知羞恥！」

「……唉——根本沒辦法溝通。」

即使卡密爾再怎麼咆哮，女人依舊毫無畏懼。

別說畏懼了，她甚至以看著某種無趣生物的眼神，居高臨下看著卡密爾。

「妳……妳開什麼玩笑……那是什麼眼神……？」

「唉，算了。反正先讓你睡一覺就行了吧。該怎麼處置，等一下再問少爺就好了。」

女人滿不在乎地說著，同時拉近了雙方距離。

「咕……咕嗚……！」

卡密爾心中塞滿了對莫名女子的恐懼——不對，應該是對傲慢庶民的憤怒。

區區一個不是貴族的女僕，竟不肯尊敬自己。

別說尊敬，甚至看扁了自己。

對卡密爾而言，光是這樣——就足以令他盛怒。

「……別……別……別開玩笑了啊啊啊啊啊！」

伴隨一股激昂的情緒，卡密爾將手伸入懷中。

他從懷裡拿出的東西——是一個六角形的柱狀水晶。

水晶內部飄蕩著某種漆黑的東西。

卡密爾就這樣，毫不猶豫地將水晶砸在地上。

（那個是……封水晶嗎？）

伊布莉絲看見卡密爾拿出的東西，不禁瞪大眼睛。

封水晶。

那是施加了封印術式的結晶體，能夠將魔物封印在裡面。

製作封水晶需要非常高度的技術，在人類社會中是價位極高的物品，以現代的技術來說，無法封印太過強悍的魔獸。

然而——

（這……這股魔力……是怎樣……！）

一股莫名的魔力從摔碎的水晶中溢出，布滿整個大氣。

同時——還有一股激烈的腐臭味。

這股彷彿將腐臭河水煮爛的惡臭直衝鼻腔，引發強烈的不快。

「………」

伊布莉絲一邊掩鼻，一邊定睛細瞧。

水晶中的某種黑色物體灑在地上，變成一灘黑色的液體。那並非純粹的黑色，感覺就像混合了許多不純物，結果變得一片漆黑的——

骯髒茶褐色泥水。

接著終於——那東西開始增殖。

爆炸般的增加質量，然後蠕動。

從水晶中現身的東西混雜著茶色和黑色，是大到能吞下一間屋子的巨大泥水團。

剛開始是類似球體的形狀，現在卻有無數觸手從球體伸出。

那是個會讓看見的人全嚇傻的黏液狀怪物。

「這……這是什麼鬼啊……？」

伊布莉絲吐出驚愕的言詞。

就連長年住在魔界的她，也從沒看過這種魔獸。

即使如此——她還是明白。

以經驗和本能感受到了。

這隻泥狀怪物有著非常驚人的魔力——

這時，咻的一聲。

一隻觸手襲向伊布莉絲。

「——嘖！」

伊布莉絲馬上躲開。

並以灌注了魔力的手刀，將伸直的觸手切斷。

可是——那毫無意義。

被切斷的觸手馬上又再生了。

緊接著，第二隻、第三隻觸手接連襲來。

「可惡，真是個噁心的傢伙——！」

伊布莉絲和剛才一樣，試著閃避攻擊，腳卻被某種東西拉住，動彈不得。

剛才她切斷的觸手就像是有意識地不斷蠕動，並圈住伊布莉絲的腳。

「……唔！啊啊啊！」

伊布莉絲的迴避行動受到妨礙，結結實實承受了觸手的攻擊。

儘管她已經反射性生成魔力防禦壁阻擋，那驚人的威力還是硬生生將她整個人打飛。

「……呵……呵哈哈哈！太棒了，棒呆了！」

卡密爾一邊看著被打飛的伊布莉絲，一邊浮現喜悅的面容。

「真是活該啊。一個小小的女僕還不懂分際，下場才會這麼慘啦。呵呵……呵哈哈哈！」

他高聲大笑，同時抬頭仰望那個泥狀生物。

「呵呵，我真是買到了個好東西啊。這樣貴一點也有價值了。」

他看起來簡直樂不可支。

「好了，上吧！再讓那個女人受點教訓，告訴她什麼是尊卑有別！」

卡密爾這麼命令道。

但是——泥狀生物聞風不動。

觸手就這樣在半空中蠕動。

那是一種原始的動作，代表牠沒有思想和智慧。

「……唔，喂，你在做什麼？快動手！你以為我花了多少錢買你——！」

下一秒。

觸手——攻擊了卡密爾。

無數觸手纏上中年男子的身體，將他抬上空中。

「呃……什……哇……住、住手！你、你在幹嘛？不是我，不是抓我，抓那個女人……

唔！嘎……噫……呀啊啊啊啊！」

隨著卡密爾發出淒厲的慘叫，他的體內也傳出低沉的聲響。

那是他全身的骨頭碎裂、內臟被壓爛的聲音。

然後怪物憑著蠻力不斷對折他的身體，弄成一個小圓球後，卡密爾就這麼被吸收進泥球裡面。那副身軀混入骯髒的泥團中，很快就看不見了。

伊布莉絲注視著這幅光景。伴隨著一股想吐的感覺，她也理解了一件事。

剛才那個——肯定是捕食行為吧。

不帶惡意和敵意，完全是反射性的破壞行動。

那是一幅位於食物鏈上位者展現出的——單純的用餐風貌。

這是個哪裡都不是的地方——

「把那東西交給男貴族的人，是你嗎？」

「妳說對了。」

面對愛特娜的詢問，諾因乾脆地點頭承認。

「我扮成商人，用高價賣給他了。」

「你拿人類的貨幣做什麼？」

「我當然是不需要錢啦。我只是覺得有錢人真是有趣的生物，高價的東西竟然比低價的東西還好賣，因為他們總是有便宜沒好貨的想法。」

「是嗎？算了，無所謂……倒是你把那東西給他，有什麼意義？」

愛特娜說著：

「你準備的那東西確實是令人驚豔的存在。要是放到人界去，恐怕會毀滅一個國家。」

但是——她繼續說：

「那根本不是席恩．塔列斯克的對手吧？」

「…………」

「反而可說是最適合他的對手。對現在的席恩．塔列斯克來說，沒有比那東西更容易對付的對手了。不對，他不必特地出手，那也是『四天女王』可以應付的等級。」

「…………」

「以干涉來說，似乎沒什麼意義吧？」

「所以更要做啊。」

諾因說道。

嘴角浮現一抹意味深長的微笑。

「好啦，妳看就對了。席恩．塔列斯克一定會如我所想地行動。」

說完，他——

就在這個哪裡也不是的地方，靜靜看著事態發展下去。

「……混帳王八蛋。」

伊布莉絲吐出髒話的同時，嘴裡也吐出了鮮血。

她現在——正陷入苦戰當中。

戰鬥開始後，大概過了三分鐘。

泥狀生物目前還是維持著原本的形狀。

完全沒受到任何損傷。

伊布莉絲的攻擊一點效用也沒有。

物理攻擊理所當然遭到無效化。即使試著使用炎或雷屬性的魔術攻擊，也只是身體被切碎了一瞬間，之後馬上就會再生。

真的是個宛如泥團的生命體。

另一方面——

對方的攻擊也沒有多大的威脅性。攻擊速度沒有快到無法看穿，並非不可能閃避。雖然剛才一時大意，被抓住了腳，但只要提高警覺，同樣的手法就不管用了。而且一旦集中魔力，纏在身上的觸手也有辦法燒掉。

將各種攻擊無效化的防禦力確實是個威脅——但牠的戰鬥力並不值一提。

如果是過去被譽為「四天女王」的伊布莉絲，應付這種對手是綽綽有餘。

沒錯。

如果她——是一個人的話。

「……喂！你們快點逃！用抓的也要把所有人抓走！」

伊布莉絲回過頭大吼。

她的身後——是一群混血精靈小孩。

當怪物把卡密爾吃掉後，伊布莉絲就馬上要求他們逃跑了，但似乎沒有那麼順利。

年紀還小的精靈被異形怪物那股駭人的魔力震懾，紛紛嚎啕大哭，癱坐在地上。

儘管多姆魯、亞兒和奧兒拚命試著將小孩帶走，卻是窒礙難行。

結果……

伊布莉絲為了保護身後的他們，根本不能閃避攻擊，只能持續用自己的身體阻擋。

（……看來這傢伙沒有什麼智商可言。）

伊布莉絲一邊忍著身體的疼痛，一邊轉動思緒。

（牠剛才抓了飛在天空的小鳥吃……大概是感覺到動靜和體溫，反射性採取行動而已。）

如果要比喻，怪物的動作就類似食蟲植物那樣。

沒有惡意和企圖，只是反射性抓住獵物啃食。

（這下該怎麼辦……？如果我的攻擊完全沒效，那根本沒戲唱啊。）

即使被逼到絕境，伊布莉絲還是拚死思考著。

思考如何解決沒有智慧的怪物。

而且還能保護身後之人的方法——

「…………」

不。

其實——她一開始就想到一個簡單的方法了。

她只是把這個最先想到的方法驅趕到思緒之外。

她的攻擊完全無效——其實並非如此。

伊布莉絲還有尚未嘗試的攻擊方式。

「闇森精」。

殺死森林的凍結之力。

只要解放伊布莉絲與生俱來的力量，極有可能對付得了眼前這隻怪物。

能把所有攻擊全部無效化的液態生物——面對這樣的對手，冰的力量或許治得了牠。

就算不可能毀了牠，或許也能將牠冰凍，進而喪失戰鬥能力。

更何況伊布莉絲的冰結魔術——威力難以衡量。

她從剛才開始就一直進行炎和雷的攻擊，但那些最她來說，都是不專精的力量。當伊布莉絲解放與生俱來的冰結魔術，那份力量便能停止世上所有生物的生命。

只要她解放力量，就有勝算。

可是——

「……唔！」

為了解放「闇森精」的能力，她必須變回原本的面貌。

也就是她最真實的樣子。

變回那個有著長長的耳朵，全身夾帶冰寒徹骨的冰之魔力的可怕冰之女王。

這麼一來——背後的混血精靈小孩們想必也會察覺。

察覺伊布莉絲的真面目就是毀滅精靈村里的「闇森精」——

想當然耳，混血精靈們便會以畏縮、恐懼、害怕的眼神看著她。

多虧席恩，那些混血精靈好不容易才能活著走向未來，要是發生這種事，又會在他們心中種下過去的傷痛。

只有這點，伊布莉絲絕對要避免——

（……不。）

不對。

其實不是這樣。

她不是為了他們。

會怕的人不是別人——是她自己。

她很害怕。

她害怕混血精靈小孩們以恐懼的眼神看著她。她害怕直到剛才為止，還對著自己笑的孩子們，會以看待怪物的眼神看著自己。

她害怕讓他們知道，自己的真面目就是將他們的故鄉毀於一旦的怪物——

「……什！」

雖然伊布莉絲還在苦惱，但毫無智慧的敵人可不會等待她掙扎完畢。

花草——

生長在周圍花草開始逐漸枯萎。

（慘了……這已經不是惡臭的等級，根本就是瘴氣。）

泥狀生物散發出汙水腐敗的氣味。

原本一直飄散在周遭的惡臭——慢慢轉變成更可怕的東西。

不是單純的腐臭，而是會腐蝕接觸者的瘴氣。

伊布莉絲從戰鬥開始就憋著氣。她原本就有強大的魔力纏繞全身，因此不會受到瘴氣侵害。

但是……

她身後的孩子們和多姆魯不可能受得了瘴氣。

再這樣下去，孩子們會因為無法防禦的大範圍攻擊而受到傷害。

弄個不好會死——

面對這個緊迫的狀況，伊布莉絲——

「……呵……哈哈哈哈！」

她笑了。

張大了嘴巴，宛如要將所有事物一笑置之般的笑著。

「唉——真是……我實在是遜斃了。都到這種時候了——我還只顧著自己。」

她拋出一席挖苦自己的話語。

這時，她望著前方的瞳孔——已經染上了覺悟的色彩。

隨後……

冰冷的魔力從伊布莉絲的身體冒出。

極寒的冷空氣以她為中心旋轉，逐漸冰凍大氣。

接著——

她聽見背後傳來孩子說「很冷」的聲音。她回頭看了片刻，只見精靈小孩們都以不安的眼神看著她。

他們在害怕。

他們在發抖。

畏懼著極限的冷空氣，以及身姿開始產生變化的伊布莉絲——

（……別慌。我的主人可是席恩．塔列斯克啊。）

她拚死提振怯弱了一瞬之間的心。

藉著想起自己的主人。

（明明我一直看在眼裡。那個不管被誰討厭，被誰輕蔑，被誰恐懼，還是為了想守護的事物持續戰鬥的男人……！）

過去他們是敵人。

現在卻是主僕。

她一直看著那名少年。

看著比誰都要溫柔、剽悍，最強也最棒的勇者。

所以現在——伊布莉絲同樣下定了決心。

她要和自己侍奉的主人一樣，為了自己想守護的事物而戰。

「……看我宰了你。」

一股幾乎冰凍背脊的魔力包覆著女人。潔白的髮絲刷上凍得雪白的白銀光輝，銳利的眼光蘊藏著絕對零度的殺氣。

伊布莉絲她——

即將完全解放「闇森精」的力量——

「妳不必勉強自己喔，伊布莉絲。」

在即將解放之際——

她聽見一道熟悉的聲音。

隨後——無數的斬擊切開大氣。

泥狀怪物就這麼被切得粉碎。

（什……這……這是……）

斬擊的空間跳躍。

這是主宰空間的聖劍「梅爾托爾」發出的超常劍技。

「我之前也說過了。」

回過神來。

伊布莉絲的身旁——有個空間的裂縫。

一名小小的勇者就這麼從這道硬是切開大氣的裂縫中悠然躍下。

「我比較喜歡妳們笑的樣子。」

「少爺……」

席恩降落戰場的瞬間，伊布莉絲的變化就停止了。她變回原本那副仿照人類的模樣，接著吐出驚愕與安心交織的複雜聲調：

「你怎麼會……在這裡？」

「我以前也解釋過了——我要妳們戴在身上的戒指型通信機，有感應持有者魔力的機能。所以當妳們……想使用身為魔族的力量時，我就會知道。」

「啊？你有說過嗎？」

「……我確實在妳們四個人面前說明過了。不過那時候我怎麼看，都覺得妳在睡覺，所以唸過妳。結果妳一直堅持『哪有？我沒睡啊』……」

「啊……啊哈哈……」

伊布莉絲只能乾笑。

席恩則是嘆了一口氣後，繼續說：

「我把東西準備好，要離開宅邸的時候——感覺到妳的戒指有反應。我不知道發生了什麼事，所以匆匆忙忙趕過來……看來我快一點是對的。」

掌握距離的聖劍「梅爾托爾」。

現在只要席恩使用他右手裡那把化為魔劍的劍，就能輕易進行一般來說需要大規模儀式的空間跳躍。

只要是視線範圍內，無論何處，他都能瞬間飛躍。

即使是長距離的移動，只要有能當作座標的魔力——這次是靠伊布莉絲的魔力——就能進行空間跳躍。

只不過——

「那……那你還好嗎，少爺？我記得你說過，長距離的空間跳躍會給肉體帶來非常龐大的負擔……」

「我沒事。現在——已經開始治癒了。」

從席恩的身體各處流出的血，正慢慢蒸發消失。雖然體內有多處臟器和骨頭粉碎，卻也瞬間恢復了。

「……這樣不能說沒事吧？」

「我才想問妳要不要緊？」

席恩說完，移動視線看向伊布莉絲背後的精靈們。

看著伊布莉絲試圖守護的事物——

「啊……我沒事啦。不是什麼要緊的傷口。既不用包紮，也不用治癒魔術。」

「……妳保護了他們啊？如果只有妳一個人，這種程度的對手根本不在話下。」

「哈哈……請你別說了。我沒有變成像你這樣的大好人。全部……都只是自我滿足而已。」

「自我滿足也無妨。」

席恩以溫柔的微笑說著，然後面對前方。

「不然妳的自我滿足，就讓身為主人的我繼續下去吧。」

他們的眼前——是已經開始再生的泥團。

剛才明明切成碎片了，現在卻彷彿什麼都沒發生過一樣，逐漸恢復成原本那塊巨大的泥團。

「少爺，請你小心，無論是什麼攻擊，都對那傢伙沒效，不管怎麼做，也很快就會再生。」

「看起來好像是。」

席恩一邊觀察泥團——

「那東西大概……是史萊姆吧。」

一邊說道。

伊布莉絲聽了一陣驚愕。

「史……史萊姆？那個嗎？」

「是啊。」

「史萊姆應該是更……更小、更乾淨、更可愛的東西吧？普遍存在魔界和人界的……」

「現代的史萊姆的確是這樣。不過據說遠古時期生長在魔界、可說是史萊姆祖先的存在，就像這樣是個巨大的泥團，還有無數的觸手。我也只在古文獻上看過……但過去稱作史萊姆的黏性魔獸，似乎是一種雖然完全沒有智慧，卻相對擁有無窮的食慾，會把所見的生物全抓進體內啃食殆盡的可怕怪物。」

「那……那這種東西怎麼會……」

「不曉得。不過好像也沒時間慢慢想了。」

說完——

無數的觸手襲向席恩。

席恩利用握在右手上的魔劍「梅爾托爾」，讓斬擊飛越空間。

在空中躍動的斬擊就這麼快速斬落所有觸手。

但這樣沒有意義。

觸手又立刻再生了。

（果然沒有意義啊？而且……這股瘴氣……）

逐漸充滿整個大氣的可怕瘴氣。

其實那對席恩和伊布莉絲沒有太大的影響——但要是他們背後的人碰到，可不是開玩笑的。

（物理攻擊沒有意義……那要照伊布莉絲想到的方法，冰凍牠嗎？）

席恩在看到史萊姆的瞬間，便明白伊布利絲為什麼會想解放身為魔族——也就是「闇森精」的力量了。

面對無論何種攻擊都能無效化的怪物，她大概是想藉由冰凍這怪物，以停止牠的活動吧。

（……不，不行。不確定要素太多了。更何況我的冰結魔術根本比不上伊布莉絲。）

席恩雖能以驚異的力量任意使用各種魔術，卻只有冰結魔術比不上被譽為最強用冰使者的伊布莉絲。

面對古老、可怕、驚駭的怪物，冰結魔術能有多大的效用還是未知數。

而且也沒有席恩的冰結魔術一定管用的根據。

（再加上這股瘴氣……雖然只有一點點，卻感覺得到生命力。這不是普通的毒素。這是汽化後的史萊姆身體……！）

簡單來說，就像是切斷的觸手。

液態生物史萊姆——可說是液體的肉體現在已經像水蒸氣一樣，布滿在空氣當中。

這樣一來，就算冰凍了本體——瘴氣也不會消失。

如果不讓本體徹底死亡，和生命力連結在一起的瘴氣就會持續活動。

（那麼——方法就只有一個。）

席恩脫下手套，舉起右手。

他的手背上刻著一抹不祥的刻印。

能量掠奪。

只要用右手碰觸，任何生命都會完全死絕。

只要解放平常壓抑住的能量掠奪，不管這隻史萊姆有多可怕，也會死得連一塊肉都不剩。

他有辦法連著史萊姆的存在一同除去布滿在周遭的瘴氣。

「喝！」

席恩蹬了大地一腳。

沒時間了。倘若不早點消滅史萊姆，後頭的孩子就會被瘴氣侵害。

席恩往史萊姆狂奔——卻在途中……

「——唔！」

感覺到了一股強烈的異樣感。

這個狀況簡直……

簡直——就像某個人刻意誘導他使用能量掠奪一樣。

這裡哪裡都不是——

「也就是說，一切都如你所想是嗎？」

「是啊。」

愛特娜平淡地說著。諾因則是愉悅地回答。

「原來如此。你就是為了這個，才選了古代的魔獸。」

「妳說對了。為了創造出這個狀況，最適合使用原始的史萊姆，大部分的攻擊都無效，而且會隨時釋放瘴氣。如果那個少年覺得應該立刻打倒那東西，避免危害周遭——他就只能使用右手。」

「…………」

「為了逼他使用能量掠奪，沒有其他敵人比這個更適合了，不具智慧這點也很棒。說穿了，那東西就像依靠反射動作過活的植物，所以我們這位溫柔的席恩小弟也不會覺得心痛，可以毫不留情地用右手消滅那東西。」

「這一切都是為了讓他使用右手嗎？那麼——你在史萊姆裡面放了什麼東西？」

「一把聖劍。」

諾因說道。

愛特娜聞言，抖動了其中一邊的眉毛。

「哦，你真是用了個大膽的手段。」

「這叫暴力療法。要是不做到這個地步，那個少年永遠不會往前。他會一直停在現在這個舒適圈裡。」

諾因有些厭煩地說著，然後繼續往下：

「那把聖劍是特別的。雖然是急就章……卻有五、六把一般聖劍的效力。如果吸收到體內，他就會一口氣——」

「——更接近魔王，是嗎？」

就像以前的我。

愛特娜她——

以毫無生氣的眼神說道。

如此說道。

諾因聽了，得意地笑道：

「這麼一來，故事就會一口氣向前。這段冗長又無聊的日子，即將走向終點。」

「但是——沒問題嗎？」

見諾因打從心底的愉悅，愛特娜問道：

「那個少年聰明得可怕。他也有可能會察覺你的企圖吧？畢竟……你準備了那種明顯就是要他用右手解決的敵人。這樣就算他察覺背後是你在牽線，也完全不奇怪。」

「是啊，妳說得沒錯。如果是他，確實有可能察覺這點程度的事。他可能會感覺到一股異樣感。不過——這完全沒有問題。他會用的。絕對會使用右手。」

因為——諾因繼續說：

「他雖然聰明到殘忍的地步，卻擁有更多溫柔，多到令人悲傷的程度。」

「……………」

「即使感覺到有異狀，他也必須使用右手，否則的話——就無法保護那些素昧平生的混血精靈小孩了。」

「…………」

「明明一個人就可以無所不能，他卻絕對不會捨棄弱者。所以要操控他的行動簡直易如反掌。」

「原來如此，你的計畫想得這麼深遠啊？實在是有夠惡劣。」

「那當然了。」

諾因輕鬆一笑置之。

「要當一個神啊，如果不惡劣一點，那可當不長久。」

接著說出這句話。

隨後——

「哦，快看，他果然用了。」

他看著不在此處的戰鬥，臉上滿是愉悅。

見事態一如預期，滿意地笑著。

那場戰鬥正上演著諾因描繪的光景。

面對史萊姆這個威脅，席恩正準備使用右手的力量。

如此一來，事先安插在史萊姆當中的聖劍就會被吸收到少年體內。

一切都照著計畫——

「——什……！」

然而——

諾因發出混亂的吼聲。那張始終笑意滿盈的嘴臉，如今卻布滿了驚愕和困惑。

「不、不可能……怎麼會這樣……」

他的眼裡逐漸染上畏懼和恐怖的色彩。

「那小子……到底知道多少……？」

明格爾博士。

他是個白髮消瘦的老人。

這男人曾經擔任名為「零號研究室」這個地下研究機構的室長。

前陣子，他和研究室的餘黨企圖發動恐怖攻擊，卻受到席恩和女僕們妨礙，宣告失敗。

他現在正被關押在王都的監獄中。

此外……

他也是在兩年前——從頭到腳仔細檢驗席恩那副受到魔王詛咒的肉體的男人。

說得極端一點，明格爾是個人格有缺陷的人。

他對研究以外的事物沒有興趣，只要是為了研究，他什麼都做過。違法的研究也不知道做過多少次了。

對這樣的明格爾來說，席恩是最棒的研究材料。

能量掠奪。

不死之身。

這個特等的素材不斷將他的研究慾望刺激到最高點。

更別說席恩的研究——是王室直接下達的命令。那些人表示「不擇手段也行，想辦法處理掉這個詛咒就對了」。

明格爾獲得官方認可後——便不再踩剎車。

他順從自己的慾望，做盡所有能量掠奪和不死之身的驗證。

其中最為可怕的——就是不死之身的驗證。

他徹底研究了席恩受到什麼樣的傷害，會以什麼型態再生。

其中有個「針對切斷身體的再生」項目。

舉例來說，如果是頭被砍下——

意識和自我會存在於頭部。身體會依照自己的意志活動三十秒左右，只要在這段時間內將頭部接回，傷口就會開始再生。但若是超過三十秒，身體就會消滅，然後從頭部的斷面建構一副新的肉體。

如果是臂膀被砍下——

就和頭一樣，只要立刻復位，斷肢就會接合。但若是放置三十秒，切斷的部位便會消滅，然後生出新的手臂。

而這段時間長短——能做一定程度的控制。

一旦席恩想要立刻生出新的手臂，不必等待三十秒時間，就能自動生成，原本的斷肢也會消滅。

反過來說，如果他不希望再生，短時間內就不會啟動再生機能。即使如此，過了三分鐘後，依舊會強制性開始再生。

此外。

這個機制套用在截斷右手時——也相同。

就算是刻著刻印的手，截斷了一樣會再生。既可接合復原，也可以重新再生。

只不過……

有一點與左手不同。

那就是能量掠奪。

根據檢驗的結果，他們得知刻著刻印的右手自從截斷一直到消滅為止的這段時間，會和截斷之前一樣，保有著能量掠奪的能力——

（……哼，看來那個男人的研究也多少派上用場了。）

但我一點也不感謝他。

席恩在心裡臭罵著。

他的右手——手腕前端已經消失。

但並未開始再生。

席恩刻意壓制住了。

至於截斷的右手腕——則在史萊姆體內。

「真呼吸」。

能吸乾各種生命力的禁忌右手力量，眼下只有被截斷的右手持續發揮它的效果。

幾分鐘前。

席恩在碰觸到史萊姆的瞬間——就用握在左手的「梅爾托爾」，將右手手腕給截斷了。

被截斷的右手因為史萊姆的反射動作，被吸收至體內。儘管只剩一隻手，能量掠奪依舊持續發動。

和兩年前檢驗的結果相同。

只要席恩刻意阻止右手再生，被截斷的右手就會持續發揮效力。

史萊姆——就這麼立刻死亡。

不管是盤據在地上的觸手，還是布滿大氣的瘴氣，全都消失得體無完膚。

當巨大液態生物完全消失無蹤，原地便只剩下右手還留在那裡。

「…………」

席恩開始再生右手。

新的右手腕立刻從斷面生長出來。

同時，被截斷的右手腕則是像一陣霧一樣，逐漸消失。

接著——

「……果然是這樣。」

右手消失的地方——留下了一把劍。

席恩一眼就明白了。

那把纏繞著神聖氣息的劍，正是被稱為聖劍的劍。

「……呃……咦？聖劍……？」

伊布莉絲吐出疑惑的言詞。

「為什麼史萊姆的身體裡會有聖劍……？」

「不知道。或許——是有人放進去的吧。」

席恩一邊回答，一邊策步向前，拿起了聖劍。

「這是沒見過的聖劍啊……是我不知道的聖劍？還是──新創造的聖劍呢？」

「……什麼？等等，我已經搞不懂了。應該說，打從你把右手切斷開始，我就已經覺得莫名其妙了。」

「別想太多，我自己也覺得莫名其妙。不過──只要調查這把劍，或許會知道些什麼。這比起把它吸收到體內變成魔劍再檢驗，能得到的情報更多。」

這個狀況簡直就像某個人設計好的一樣。

席恩感覺到一股強烈異樣感，所以才會實行把右手切除的作戰方式。

他並不是懷有什麼確切的證據。

雖然做了某種程度的計算，最後卻是靠本能下的決斷。

至於結果──自然是中了大獎。

史萊姆被人動了手腳。

那是個要是動用右手，就會萬劫不復的陷阱。

確實有個人在背後牽線。

不知道為什麼，那個人企圖讓席恩吸收聖劍。

所以才會把聖劍放在史萊姆體內，計畫讓席恩在用右手消滅史萊姆的瞬間，一併將之吸收。

但是——那個人的企圖以失敗告終了。

聖劍沒有被吸收，也沒有變成魔劍。它保持著原貌，就這麼握在席恩掌心。

「………」

席恩移動視線看向天空。

（我不知道你想做什麼，但我不會讓你稱心如意的，諾因。）

這一天。

神童超越了神祇。

尾聲

騷動過後——

多姆魯和混血精靈孩子們按照原定計畫，離開村莊。

席恩卸下了他們的奴隸項圈，並給予這段時間所需的生活費。

一切都進行得很順利——這當然是不可能的事。

不過席恩已經盡力做到自己能做的事了。

另一方面……

關於「奴隸解放運動」，在國政推行下，已經立即廢止了。

有關隱藏在這個運動背後的不法勾當，似乎在很久之前就被人盯上。

無須席恩或列維烏斯出手，國家也出面制止了。

身為發起人的卡密爾原本就動用了自己的關係，以及賄賂高層等方式，順利取得和攬權之人的關係。

也就是以給予回報的做法，請那些人視而不見。

而且他也握有許多高層的各種把柄──例如婚外情和借貸，因此上面的人遲遲無法對他出手。

但是……

他一死──國政便一口氣開始動作。

一個欠缺凝聚力的團體沒了首領，所有惡事就會瞬間無所遁形。

儘管和這個運動有關的貴族，異口同聲主張他們都是被害者，是真心希望有個平等的社會。但該如何處置他們，還是得看今後的調查與審理結果吧。

就這樣，事件落幕。

一如往常，席恩・塔列斯克依舊沒有任何功賞──也不完全是這樣。

這次席恩得到了一件明確的戰利品。

「…………」

這裡是他在宅邸的房間。

席恩看著掛在牆上的劍。

那把散發出神聖氣息的劍，是在史萊姆體內發現的聖劍。

（這個氣息毫無疑問是聖劍……卻是一把我沒看過的聖劍。）

這並非羅格納王國流傳的聖劍，也不是別國流傳的聖劍。古今中外和聖劍相關的文獻上，都沒有這把劍的紀錄。

是一把新發現的聖劍嗎？

又或者——是新創造出來的聖劍呢？

（聖劍……是遠古以前，神明憐憫人類脆弱，才賜予的劍。）

沒錯。

聖劍——是神明贈與的劍。

既然如此。

若說神可以再創造出新的聖劍，那也沒什麼好奇怪的。

（諾因……這一切全是你的計畫嗎？）

席恩腦中掠過的，是他在武鬥大會上邂逅的少年。

那名從頭到腳散發著一股虛偽、非人氣息的少年。

其實席恩也不能保證那名少年和這次的事件有關。

但他就是——隱隱約約這麼覺得。

完全是一種屬於本能的感覺。

（只要收集聖劍，然後吸收，說不定就能恢復原本的身體……我原本是這麼想。但看樣子事情沒有這麼單純。）

吸收聖劍——或許並不是一條為了恢復原樣的道路。

搞不好結果完全相反，是一條連接毀滅的道路。

是諾因或某個人的企圖。

為了逼席恩吸收聖劍，才會設下這次的圈套。

但這次——

席恩棋高一著。

他原原本本地獲得對方企圖讓他吸收的聖劍。

（新創造的聖劍……只要調查這把劍，或許就能得到某種情報。）

某種情報。

聖劍的祕密。

侵蝕席恩的詛咒祕密。

又或者——

是隱藏在世界之中的祕密。

正當席恩盯著聖劍，認真地思考著——

「席、席恩大人！不好了！」

雅爾榭拉突然闖進他的房間。

而且不只她一人，菲伊娜和凪也在。

她們三個人都非常慌張。

「怎麼了？」

「伊、伊布莉絲她……」

雅爾榭拉以顫抖的聲音回話：

「大……大事不妙了，伊布莉絲——」

「搞什麼，她又搞砸了什麼工作嗎？還是工作偷懶，跑出去哪裡鬼混？我是不知道她做了什麼，但事到如今就算她搞砸什麼事，也不必這麼驚——」

「——她主動認真工作了！」

「……妳說什麼！」

席恩匆匆忙忙衝出自己的房間，往玄關奔去，就這麼撞見一幅難以置信的光景。

「這怎麼……可能……」

只見伊布莉絲——正在宅邸的玄關前掃地。

她手裡拿著掃帚和畚箕。

現在正鉅細靡遺地清掃玄關，一個角落都不放過。

就連平常隨便亂穿的女僕裝，也乖乖地穿好了。

「……雅……雅爾榭拉，這不是妳吩咐她做的嗎？」

「不是……我沒有吩咐她，是她自己找工作做，主動開始打掃的……」

「真……沒想到……！居然沒有人吩咐她就自己找工作來做……！」

席恩一臉驚愕。

其他人的反應也一樣。

每個人都嚇得彷彿天地逆轉了一樣。

「這是夢嗎……？我還在作夢嗎？」

「真擔心。她是不是發燒了……？」

「搞不好是撞到頭了……」

「難道她……是冒牌貨？說不定她是別人假扮的……」

「——啊！你們很吵耶！」

四個人輪番擅自猜測，惹得伊布莉絲發出怒吼。

雖然表情帶著滿滿的怒氣，臉頰卻有些紅潤。

「什麼嘛，你們每個人都這樣！我認真工作有這麼奇怪嗎！」

「……嗯，這個嘛……」

席恩閃爍其詞。

畢竟她平常是那個樣子——席恩將這個感想放在心中，緩緩走近她身邊。

「伊布莉絲，妳怎麼了嗎？發生什麼事了嗎？沒有啦……我覺得這是一件很棒的事，所以我沒有怨言。可是……」

「……沒什麼。我只是想說偶爾也試著認真工作看看好了。」

伊布莉絲冷冷地說著。

這時候——

「啊～我知道了！」

菲伊娜喜形於色地發出聲音：

「呵呵呵，伊布莉絲，妳還真是有夠拐彎抹角。」

「什……什麼啦……？」

「這是妳的感謝之情吧？妳這次受到小席大人很多幫助，所以這是妳感謝、的、心！」

「……唔！」

聽了菲伊娜的指摘，伊布莉絲整張臉都紅了。

「哦，是這樣嗎？沒想到妳也有這麼可愛的地方嘛。」

「以伊布莉絲來說，已經是難能可貴了。」

「……啊──妳們很煩耶。煩死了。」

雅爾榭拉和凪也一同捉弄似的嘲笑她，讓伊布莉絲更是羞赧得無地自容。

「伊布莉絲……」

席恩開口：

「妳用不著這麼介意，做這件事是我自願的。」

「……我本來就覺得少爺是這麼想的……但就算只是形式上，我還是想姑且做一點事。」

「嗯，這樣啊。那麼──我就尊重妳的意思吧。」

「咦？」

伊布莉絲發出困惑的語音。

席恩則是獨自點頭如搗蒜。

「不管理由是什麼，動機是什麼，如果妳今後願意認真做事……沒有任何事比這個更令人開心了！」

「…………」

「嘿嘿，感覺好像在作夢喔。我沒想到居然有一天，妳會主動試著改變……好！從今天開始，我就把規律生活的美妙之處全部灌輸給妳！」

「…………」

「對了對了，我還要順便教妳整理整頓。開了就要關！收東西的時候，要考慮到拿出來時的事！啊，對了，這是個好機會。我從以前開始就很介意妳的房間，趁這個機會，也一起掃一掃吧。先把東西全拿出來──咦？奇怪？」

席恩回過神來，才發現伊布莉絲已經不在眼前。

「那……那傢伙去哪兒了？」

席恩詢問一旁的三名女僕，只見她們的視線全朝向屋外。

看來她是逃到外面了。

席恩急忙追上去。

「喂……喂！妳幹嘛跑啊，伊布莉絲！」

「……沒有啦，拜託請你放我一馬吧。」

「妳不是要認真過活了嗎！」

「…………但還是得有個限度啊。」

伊布莉絲逃跑，席恩追趕。

你追我跑就這麼持續了一會兒，其他三個人也在途中湊熱鬧加入，弄得吵吵鬧鬧。結果這一天，宅邸的工作進度比平常要少了許多。

一起事件宣告結束，席恩也得到了一個線索。

雖然不知道這條線索會和什麼事情有關，他卻確實得到了一把往前的鑰匙。

對未來的不安無窮無盡，沒有人知道未來會有多麼殘酷的命運等著。

即使如此，他們——今天還是幸福地過著每一天。

後記

儘管史萊姆這個存在現在算是嘍囉怪獸的代表，不過我調查過史萊姆的起源，發現以前牠居然是個被畫得超強、超可怕的怪獸。

會定型成現在這樣，大概是某個國民遊戲的影響吧。

若要舉個相反的例子，那就是滑頭鬼這種妖怪現在卻變成妖怪的大頭領，這也是受到某部國民妖怪漫畫的影響。

即使在文明發達的現代，妖怪和怪獸這種幻想生物仍存在於我們的腦中，每個人或多或少都有共通的認知。但這種共通的認知，要是出現某種爆炸性流行媒介，就會一口氣被改寫。

這種感覺很像古時候在傳承神話或怪談時，形式逐漸產生改變，並受到廣傳一般。

我們活在現代所享受的遊戲、漫畫、小說，或許也是某種民間傳承吧。

……這些話好像跟本篇沒什麼關係。

如此這般，我是望公太。

這是天才少年和女僕大姊姊們的故事第三集。

這一集的風格是進行輕鬆快樂的日常生活，同時也稍稍挖掘伊布莉絲的故事。

透過這篇故事，我想傳遞給讀者的概念只有一個。

那就是褐色皮膚的大姊姊真是太棒了。

呃——

這一集的後記頁數比較多，我卻沒有什麼想寫的事，所以就來聊聊角色名的由來吧。

首先是主角。

「席恩（Sion）·塔列斯克（Tarlesk）」。

我想可能已經有人發現了，這是我思考省略後，唸起來像「正太（shota）」的名字。

本系列最後一集的最後一段文字就是——

　就這樣，被席恩·塔列斯克這名少年的魅力虜獲芳心的女性們，在這塊大陸上激增，被世人稱作「席恩·塔列斯克情結（Sion Tarleskcomplex）」——簡稱「正太控（shotacon）」。

　可喜可賀，可喜可賀。

——我打算用這種感覺完結。

……我亂說的。不對，搞不好不是亂說，但現在還不知道會怎樣，因為我完全沒想過未來的事。搞不好真的會以這段文字作結，也搞不好不會。

接著，讓我突兀地宣傳一下。

漫畫化的連載終於要開始了。

品質非常不得了。

將會在《月刊Comic Alive》開始連載。

未來可能也會在其他線上漫畫網站上公開。

請大家多多支持。

以下開始是謝詞。

責編大人，這次也受你照顧了。我想這次……我給你添的麻煩非常超過，但請您今後也別捨棄我。

插畫家ぴょん吉大人，謝謝您這次也提供了這麼棒的插圖。大姊姊們還是一樣性感又有魅力，棒透了。

我還要獻上最大的感謝，給購買這本書的讀者們。

那麼我們有緣再見吧。

望公太

神童勇者的女僕都是(漂亮)大姊姊!?

Genius Hero and Maid Sister.

下一頁將開始

原案：望公太 × 漫畫：ぴょん吉

特別收錄

原作搭檔獻上的

促銷用漫畫四頁!!

Presented by Kota Nozomi

Illustration = pyon-Kti

呼啊～……
うとうと…
伊布莉絲
侍奉席恩的其中一名女僕。
是個怕麻煩兼偷懶魔，
結果卻很性感的大姊姊。
喂，伊布莉絲！書架那是什麼慘狀啊!?
我已經按照你的吩咐，好好整理過了耶。
耳朵會壞掉……
書的擺放順序亂七八糟！我不是叫妳要按照作者名放嗎！
ぷんっ
ぷん
吼～……
這種事有差嗎？

啊啊！
別這麼粗暴地拿書，妳輕一點！
不對，這本書不放這裡！
這算什麼啊？上面還有灰塵耶。
不了……妳這個人為什麼老是這樣一直散漫不認真，做事又武斷成性？難道妳不懂，妳現在為了輕鬆偷懶，到了最後結果還是會增加一些多餘的麻煩出來耶。就像之前也是如此這般
喂，妳的手從剛才開始就不動了喔。
妳要是沒心做事，就滾到別處去！

呃…喂!!
妳在幹嘛啊？
我沒心做事，所以就此滾蛋。
我會滾到一個不會妨礙少爺的地方！
什…!!
妳…
妳以為我會允許這種事嗎？
妳離開後，想去哪裡啊？
喂，聽我說！
……
……哈哈！我…我知道嘍！妳這是裝作很生氣的作戰吧？妳以為這招對我有用嗎？
……嗚！

……妳……妳哪裡都不許去！
蠢材……
我哪裡都不會去，所以你別哭嘍。
我才沒哭！
唉……
……對不起，少爺。

靠神獸們成為世界最強吧 1~5（完）

Kadokawa Fantastic Novels

作者：福山陽士　插畫：おりょう

忽然有小寶寶叫狄歐斯「爸爸」？
跟神獸的冒險故事來到精彩高潮！

某天早上，忽然出現的小寶寶艾菈把狄歐斯認作爸爸，使神獸們遭受衝擊。狄歐斯讓陷入混亂的神獸們冷靜下來，打算在找到艾菈的父母之前先跟大家一起照顧她。於此同時，鳥籠解放者的攻擊更為猛烈，再加上加芙涅得神的降臨，事態急轉直下——

各 **NT$200~220/HK$67~73**

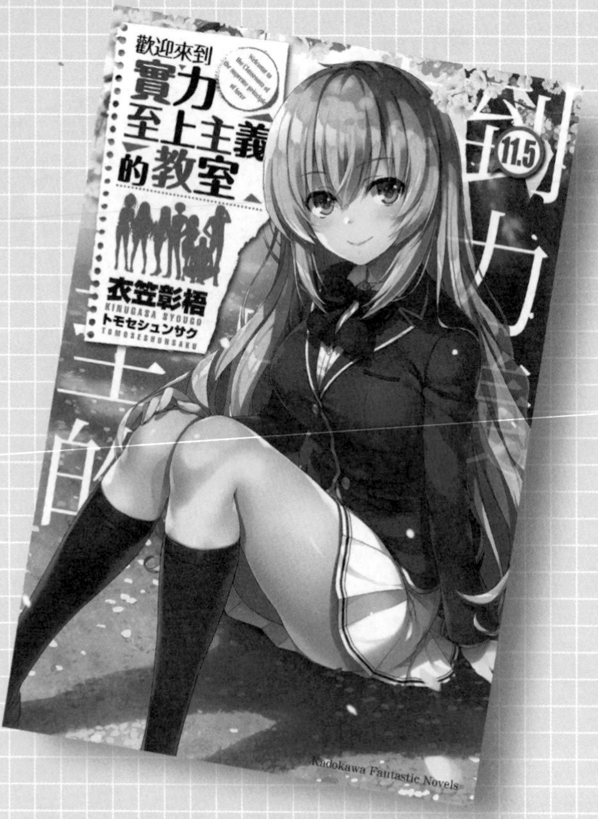

歡迎來到實力至上主義的教室 1~11.5 待續

Kadokawa Fantastic Novels

作者：衣笠彰梧　插畫：トモセシュンサク

一年，是一段能讓學生關係大有進展的時間——
全新校園默示錄，一年級生篇完結！

高度育成高中迎來最後的活動——畢業典禮。綾小路給予無法下定決心與哥哥做最後接觸的堀北建議，並開始著手對付月城代理理事長。面對制度，就以制度對抗——綾小路聯絡了坂柳理事長，並與一年Ａ班班導真嶋以及茶柱私下接觸、嘗試交涉……

各 **NT$200~250/HK$67~75**

西野~校內地位最底層的異能世界最強少年~ 1~3 待續

Kadokawa Fantastic Novels

作者：ぶんころり　插畫：またのんき▼

榮獲「這本輕小說真厲害2019」第6名！
凡庸臉與金髮蘿莉於異國之地遇上新的對手!?

校慶結束後，西野接下拍檔馬奇斯的委託前往海外出任務。與此同時，二年A班的同學們也策劃了飛往外國的畢業旅行，一行人碰巧於異國之地重逢。西野與蘿絲的關係出現一大進展的海外旅行篇，TAKE OFF！

各 **NT$200~250/HK$67~83**

國家圖書館出版品預行編目資料

神童勇者的女僕都是漂亮大姊姊!?/望公太作；楊采儒譯. -- 初版. -- 臺北市：臺灣角川股份有限公司, 2021.01-
冊； 公分. -- (Kadokawa fantastic novels)
譯自：神童勇者とメイドおねえさん
ISBN 978-986-524-200-8(第3冊：平裝)

861.57 109018347

Kadokawa
Fantastic
Novels

神童勇者的女僕都是漂亮大姊姊!? 3

（原著名：神童勇者とメイドおねえさん 3）

2021年1月13日 初版第1刷發行

作者：望公太
插畫：ぴょん吉
譯者：楊采儒
發行人：岩崎剛人
總編輯：蔡佩芬
編輯：邱瓈萱
美術設計：黃永漢
印務：李明修（主任）、張加恩（主任）、張凱棋
發行所：台灣角川股份有限公司
地址：105台北市光復北路11巷44號5樓
電話：（02）2747-2433
傳真：（02）2747-2558
網址：http://www.kadokawa.com.tw
劃撥帳戶：台灣角川股份有限公司
劃撥帳號：19487412
法律顧問：有澤法律事務所
製版：巨茂科技印刷有限公司
ISBN：978-986-524-200-8